Nunca más

Editorial Bambú
es un sello de Editorial Casals, SA

© 2014, Fernando Lalana, José Mª Almárcegui
© 2014, Editorial Casals, SA
Tel. 902 107 007
www.editorialbambu.com
www.bambulector.com

Diseño de la colección: Estudi Miquel Puig
Ilustración de cubierta: Francesc Punsola

Primera edición: febrero de 2014
ISBN: 978-84-8343-292-1
Depósito legal: B-29053-2013
Printed in Spain
Impreso en Anzos, SL
Fuenlabrada (Madrid)

FERNANDO LALANA
JOSÉ Mª ALMÁRCEGUI

NUNCA MÁS

bam
bú
EDITORIAL

Libro primero

«Un cuerpo en movimiento no puede, por sí mismo,
modificar la velocidad ni la dirección
de dicho movimiento.»

Johannes Kepler
Principio de inercia

3. Adiós, mundo cruel
(23 de junio de 1970. Más bien temprano)

—Adiós, mundo cruel –digo, agarrado a la barandilla del viaducto.

¿De dónde me habré sacado yo esta frase tan cursi? Ni idea. Pero estoy seguro de que es eso, justamente, lo que hay que decir en estas circunstancias.

—¡Adiós, mundo cruel!

Miro hacia abajo. El abismo. Por lo menos hay veinticinco metros de caída, lo cual supondrá... vamos a ver... partiendo del reposo y con una aceleración gravitacional de nueve, coma, ocho metros por segundo–cuadrado... uf, necesitaría una calculadora. Pero, en cualquier caso, no durará mucho. Eso, seguro.

Imagino la trayectoria de mi caída. Fiiiuuu... Como casi no hay sitio, apenas podré darme impulso, así que trazaré una parábola muy alargada que terminará... fiiiuuu... ¡pom! ¡Ostrás! Me parece que voy a caer justo encima del quiosco de Ramón. Pues se lo voy a dejar hecho una cochambre. Y justo ahora que empieza el verano, la única época del año en que el pobre Ramón vende algo. Menuda faena...

No. Definitivamente, no puedo hacerle eso a Ramón. No me lo perdonaría nunca. Voy a buscar otro sitio donde matarme.

¡Ya sé! El tren. Voy a tirarme al tren. Con eso, no le fastidio el negocio a nadie. Como mucho, a la Renfe. Lo malo es lo lejos que está de aquí la vía. La caminata que me habría ahorrado de haberlo pensado antes. Está visto que, últimamente, nada me sale bien. Llevo un tiempo en que mi vida no parece mía. Todo a mi alrededor parece funcionar por su cuenta, sin mi intervención, sin que yo pueda hacer nada por cambiarlo.

Debe de ser lo de la inercia, que nos explicó una vez don Prudencio.

0. Preámbulo

¡Huy! Perdón, perdón... creo que no me he presentado: me llamo Dalmacio. Dalmacio Sánchez Vallejo, concretamente, por si ustedes se preguntan cuál de los muchos Dalmacios de este mundo es el que les habla.

He tenido una vida corta, de tan solo once años y medio y, antes de que termine, me gustaría contársela, por si les puede servir de algo. Mi problema es que no sé por dónde empezar. El día en que mis padres se conocieron me parece demasiado pronto. Y si empiezo por la visita que mis amigos y yo hicimos anteayer al depósito de cadáveres del Instituto Anatómico Forense, igual no se enteran ustedes de nada. No sé... quizá debería limitarme a relatarles tan solo lo ocurrido durante los últimos meses. Sí, será lo mejor porque, realmente, los primeros diez años de mi vida fueron un rollo. La típica existencia aburrida de un niño español de mediados del siglo xx.

Pero en los últimos meses... ¡buoh...!, me han ocurrido cosas que ustedes no creerían.

El Castaño de Lambán

¡Ah, ya sé! Hay un acontecimiento que posiblemente esté en el origen de todo el cuento que quiero contarles: el día, creo que fue un miércoles, a principios del curso pasado, en que Don Basilio, en plena clase de Ciencias Naturales, nos dejó a todos sus alumnos de una pieza al sacarnos del colegio y conducirnos, caminando en fila india por la cercana orilla del Canal Imperial, hasta la primera curva de la carretera. Y allí, impasible ante las nubes de mosquitos trompeteros que se abalanzaban sobre nosotros, nos obligó a detenernos frente a un árbol gigantesco que, por otra parte, ya todos habíamos visto miles de millones de veces.

–¿Alguno de vosotros sabe decirme qué árbol es este? –preguntó entonces, con su voz ronca y nasal.

–Pues claro. Es el árbol de la curva –respondió Blasco–. Todo el mundo lo sabe.

–Le voy a quitar medio punto de la nota final, Blasco. Por gracioso.

–Oiga, no, don Basilio...

–Es un castaño de indias –respondió entonces el empollón de Sánchez Velilla–. Nombre científico: *Aesculus Hippocastanum*.

–Muy bien, Velilla. Muy bien –corroboró don Basilio–. Si no te pongo otro diez es porque tienes tantos que ya no sé dónde apuntarlos. En efecto, pequeños ignorantes: se trata de un castaño. Pero un castaño excepcional. Mirad qué tamaño. ¡Qué altura! ¡Qué grosor! ¡Qué porte! Sin duda, ya estaba aquí cuando se construyó el Canal Imperial. Incluso cuando se fundó nuestra ciudad.

–¡Oooh...! –exclamamos todos, respetuosamente, al oír semejante barbaridad.

–¿Cuántos años tiene, don Basilio? –preguntó entonces Vives.

–¿Quién, yo? A ver si te doy un sopapo, impertinente.

–No, usted no, hermano. El árbol, digo. El *castañum*.

–Ah, bueno... ¿Pues no te lo estoy diciendo, hombre? Muchos años. Muchísimos años.

–Ya. ¿Pero cuántos?

–Pues... Bastantes siglos. ¡Y basta!

Aquella respuesta nos dejó maravillados. Bastantes siglos, había dicho don Basilio. No uno ni varios, sino bastantes. Es decir, los suficientes. De todo lo que contó después –sobre los castaños, supongo– ya no me acuerdo.

Pero el caso es que, desde aquel día, varias veces a lo largo del curso, en lugar de acudir a clase de gimnasia, Vives, Lambán y yo nos escapamos del colegio por el agujero de la valla para acercarnos, paseando por la orilla del canal, hasta el tremendo castaño. Una vez frente a él, sin cruzar palabra, tratábamos de abrazar su tronco entre los tres, con la barbilla pegada a la corteza y los brazos muy, muy estirados. Siempre nos resultó imposible.

No fue hasta el otoño siguiente, cuando Lambán ya

13

había dado eso que las madres llaman «el estirón» –convirtiéndose en el alumno más alto de la clase, con diferencia–, cuando conseguimos abrazar el *hippocastanum.* Lo recuerdo como un momento mágico. Era una tarde de septiembre, suave como el terciopelo. Habíamos decidido que ya era hora de saltarnos a la torera la primera clase de gimnasia del nuevo curso. Avanzamos los tres como guerrilleros por la orilla del canal, entre cañas, juncos, neumáticos viejos y trozos de sofá. Llegamos a la curva y, sin pronunciar palabra, rodeamos el tronco con los brazos, como habíamos hecho tantas otras veces; pero en esta ocasión, las yemas de nuestros dedos se juntaron, al fin.

–¿Os estáis tocando? –preguntó Vives, sofocado por el esfuerzo.

–¡Sí! –respondimos Lambán y yo.

–Entonces... ¡lo hemos conseguido!

Nos abrazamos, jubilosos, como si entre los tres hubiésemos copado el podio de la Vuelta Ciclista a España.

Para celebrar aquella victoria sobre la naturaleza, decidimos bautizar a nuestro árbol con el nombre de Castaño de Lambán. Acto seguido, Vives, que ya empezaba a destacar como un tipo listo (no un mero despreciable empollón al estilo de Sánchez Velilla), expuso en público por vez primera el conocido, desde entonces, como «Principio de Vives», que reza así:

«Para que un grupo de tres elementos cualesquiera pertenecientes a la clase de 4º B consiga abrazar el Castaño de Lambán, es condición sine qua non que uno de los tres elementos antedichos sea Emilio Lambán.»

Lo cual puede expresarse algebraicamente mediante la fórmula:

$$(x+y) + k = L$$

donde L sería la longitud del perímetro del castaño; la constante k representaría la envergadura de Emilio Lambán; y el binomio x+y, la del resto de los alumnos de 4º B tomados aleatoriamente de dos en dos.

–Por tratarse de un principio, no necesita demostración –sentenció Vives, finalmente.

Y, mostrándonos los tres de acuerdo, procedimos a escribir la fórmula con tiza, sobre la corteza del árbol y con grandes caracteres.

Y allí permaneció, inalterada durante algunos meses, hasta que una cuadrilla de peones del ayuntamiento, sección de Vialidad, Agua y Vertidos, se presentó una mañana y pintó de blanco reflectante el tronco del Castaño de Lambán desde el nivel del suelo hasta una altura de dos metros y medio, asegurando que, así, los conductores que circulasen por la carretera de la orilla del canal verían mejor de noche el enorme árbol.

«¡Como si no se viera bien, con lo grande que es!», recuerdo que pensé.

En efecto, desde aquel día, al ser iluminado por los faros de los automóviles, el Castaño de Lambán se divisaba por la noche desde un kilómetro de distancia. Sin embargo, los sagaces técnicos del ayuntamiento no contaron con que así, pintado de blanco, nuestro árbol resultaba casi indistinguible en medio de la espesa niebla que invadía los alrededores del Canal Imperial durante buena parte de las mañanas invernales.

Y esa fue la causa de que el 8 de enero de este año, exactamente a las 7.55 horas antes del meridiano, don Basilio se estrellase espectacularmente contra el Castaño de Lambán, reduciendo a chatarra el flamante Seat 600 color amarillo-natillas propiedad de la comunidad. La castaña contra el castaño fue de tal magnitud que condujo a don Basilio al hospital, donde permaneció ingresado durante seis semanas, y le obligó a guardar cuatro meses de convalecencia, siendo sustituido en sus quehaceres didácticos durante el resto del curso por don Blas.

Y aquí es, precisamente, adonde yo quería llegar: a don Blas, ni menos ni más. Porque con la incorporación de don Blas a la tutoría de nuestra clase comenzaron todos mis problemas. Que han sido tantos y tan gordos que no veo otra solución que quitarme de en medio.

3.1. Tren Articulado Ligero Goicoechea Oriol
(23 de junio de 1970. Un poco más tarde)

Primero, he pensado ir a la estación. Pero en la estación los trenes están parados o van muy despacito y si me tiro a la vía desde un andén, seguramente lo único que conseguiré será producirme un esguince de tobillo. Y hacer el ridículo, de paso. Así que me he venido hasta el puente metálico que cruza sobre la carretera de Barcelona. El que diseñó Eiffel, ya saben...

Ahora, a ver si no tarda mucho en venir el próximo tren. Ya lo oigo. Ha llegado mi hora. Ahí está.

–¡Adiós, mundo cruel!

Huy, qué tren tan raro... Si no echa humo. ¡Y cómo brilla! ¡Ah, claro! Ese debe de ser el Talgo. ¡Qué bonito! Había oído hablar de él, pero nunca lo había visto en persona. Bueno, en máquina y vagones, quiero decir. Desde luego, es precioso, plata y rojo como... como un camión de bomberos. Y qué despacito viene. A lo mejor es que tiene que parar en ese semáforo. Es extraño porque había oído yo que el Talgo nunca para; que los demás trenes han de dejarle paso libre; y que ese es el motivo por el que todos los trenes españoles, salvo el Talgo, llevan siempre tanto retraso. Pero seguro que eso es mentira. Para empezar: si el Talgo nunca para... ¿cómo hacen los viajeros para subir y bajar? ¿En marcha? ¡Anda, hombre!

¡Ahí va! El maquinista me está saludando. ¡Qué majo!

–¡Adiós, adiós!

–¡Adiós, chaval! ¡Cuida no te caigas y te partas la crisma!

¡Qué chulada de tren, madre mía! Y en la locomotora ponía «Virgen del Pilar», que lo he visto perfectamente. Ya me gustaría algún día viajar en el Talgo, ya. Aunque lo veo difícil porque como hoy he decidido matarme...

Por cierto, que el Talgo ya ha pasado de largo y a mí, entre la emoción y los nervios, se me ha olvidado tirarme delante. No sé... me parece que lo del tren tampoco es buena idea...

Yo creo que lo más indicado será acudir a los métodos clásicos. En esta ciudad, lo más razonable es tirarse al río, que para eso tenemos un río estupendo, el más caudaloso de la Península Ibérica, según don Basilio.

Hala... otra vez a andar. Hay que ver lo fatigoso que resulta esto de acabar con la propia existencia.

Al menos, así les puedo seguir contando mi historia. Vamos allá.

0.1. Don Blas

Cuando don Basilio se estrelló con el Seiscientos contra el Castaño de Lambán, pensamos que cualquier sustituto sería mejor que él.

Pero no contábamos con don Blas.

Y, al día siguiente, allí lo teníamos, con sus zapatos de rejilla nuevos, cuatro bolígrafos Bic nuevos –azul, rojo, verde, negro– asomando por el bolsillo de pecho de su bata nueva y su vieja sonrisa de buitre asomando en la cara.

Maldita sea mi suerte...

Los padres, en especial los míos, creen que todos los profesores son iguales. Y de eso, nada: los hay malos y peores.

Y don Blas era el peor de los peores.

Recuerdo que, al entrar en el aula por primera vez, lanzó **19** una mirada general, siniestra y desafiante. Y luego...

–Voy a ser vuestro tutor durante el resto del curso, así que...

No dijo más. Dejó la frase en el aire. Pero todos comprendimos cómo terminaba: «así que... perded, los que aquí estáis, toda esperanza.»

Ni más ni menos. Porque don Blas, hora es de decirlo, es un maniático. Pero no un maniático cualquiera, no: don Blas es un maniático inútil y previsible, obsesionado por el orden, la más inútil y previsible de las manías, tal como don Basilio, hombre ejemplarmente desordenado, nos había hecho notar tantas veces: «Sabed que el universo tiende al caos por su natural», nos decía de cuando en cuando, «y que cualquier intento de someterlo al orden de los hombres no solo es un empeño estúpido sino que está condenado de antemano al más absoluto de los fracasos.»

Ni que decir tiene que, desde tan opuestos planteamientos personales, don Blas y don Basilio no se profesaban la menor simpatía mutua; vamos, que se odiaban a muerte.

Y quiso la mala suerte que precisamente nosotros, los alumnos predilectos de don Basilio, fuésemos a caer en manos de don Blas, que nos convirtió desde el primer momento en el instrumento de la venganza, tantas veces soñada, sobre su odiado colega.

Carente por completo del don de la didáctica, don Blas estaba destinado, antes del castañazo de don Basilio, a ser el eterno encargado del área de Trabajos Manuales del colegio, lo cual le permitía desarrollar ampliamente sus dotes personales ordenando compulsivamente por tamaños, colores y pasos de rosca toda clase de herramientas, accesorios, materiales y tornillería surtida.

El accidente de don Basilio le abrió las puertas, sin embargo, a un nuevo mundo, infinitamente más atractivo: la posibilidad de ordenar a su antojo seres humanos.

Dispuesto a ello, aquel segundo día tras las vacaciones de Navidad, don Blas, además de la bata blanca, los zapatos de rejilla y los bolígrafos Bic, apareció pertrechado con un tallímetro de farmacia.

Tras el saludo ya relatado, lanzó una nueva, lenta mirada sobre todos nosotros.

–¿Es que están ustedes mal de la cabeza? –preguntó afirmativamente–. No pretenderán sentarse donde a cada uno le dé la real gana, ¿verdad? ¡De eso, ni hablar! Es preciso establecer un nuevo orden. Desde hoy, los alumnos más altos se sentarán en las últimas filas y los de menor estatura, en las primeras. Y para que nadie se pase de listo, voy a proceder a tallarles a todos, uno por uno.

Y nos talló a todos, uno por uno, como si estuviésemos a punto de incorporarnos a filas, con precisión semicentimétrica, en una operación desquiciante que duró casi hasta el recreo y cuya única anécdota radicó en que el tallímetro, que solo alcanzaba hasta el metro ochenta, se quedó corto para albergar a Emilio Lambán.

Luego, don Blas, dispuesto a rizar el rizo, pretendió combinar el orden de estatura con el orden alfabético hasta encontrar lo que él llamaba «la distribución alumnar ideal», gracias a la cual, después de casi tres horas de listas, cambios y probatinas, todos acabamos sentados exactamente donde estábamos al principio.

–¡Perfecto! –exclamó entonces don Blas–. Mejor dicho: sería perfecto si no fuera... ¡por este mendrugo!

Durante un instante pensé que se refería a Julián Borobia, que se sentaba a mi derecha. Pero, de inmediato, comprendí con espanto que la mirada de don Blas se había instalado en mis pupilas.

–¿Yo?

–¡Sí, usted! Usted es más alto que su compañero de atrás. Y eso no puede ser.

–Es que... como él se llama Zunzunegui lo ha mandado usted al final y...

–¡A mí no me replique, insurrecto del demonio! ¡A ver! Dígame su nombre, que le voy a poner un cero. Así, en frío. Para empezar.

–Me llamo... Dalmacio –dije, sintiendo que me faltaba el aire.

Don Blas consultó la lista de clase.

–¿Pretende tomarme el pelo? Aquí no hay ningún Dalmacio. De Cuenca pasa a Díez.

–No, es que... soy Dalmacio de nombre. De apellido soy Sánchez. Sánchez Vallejo. Como me ha preguntado usted mi nombre, yo...

–¿Dalmacio? –silabeó el profesor con el mismo tono en que habría pronunciado «batracio»–. ¿Se llama usted Dalmacio? ¿En serio? ¡Pero si eso no es un nombre! ¡Eso es un castigo! ¡Ja, ja, ja! A saber en qué estarían pensando sus padres cuando se lo pusieron. ¡Jiaaaa, ja, ja...!

–Me lo pusieron por Dalmacio Langarica, un famoso ciclista.

–¿Un ciclista? ¡Vaya! ¡No había conocido nunca a un tonto con nombre de ciclista! ¡Jia, jia! En cambio, ¿sabe a qué me suena su nombre, Dalmacio? ¡A mártir cristiano del siglo primero! ¡Eso es! ¡San Dalmacio, virgen y mártir! Así que ya sabe a lo que se va a dedicar durante el resto del curso, Dalmacio: ¡a sufrir! ¡Ay, Dalmacio, Dalmacio...! ¡Qué mal le veo, Dalmacio! ¡Dalmaciooo...!

Yo no podía creerlo. Era el primer día con don Blas. Éramos cuarenta y dos alumnos en clase. Y acababa de tomarme ojeriza. A mí. Precisamente a mí, que soy el tipo más inofensivo del curso, especialista en pasar inadvertido desde los remotos tiempos de parvulitos.

Mi suerte estaba echada.

Y en los siguientes días, se confirmó el desastre.

Ejemplos del desastre

Ejemplo 1

–Saquen los cuadernos de aritmética. Usted no, Dalmacio. Ya le pongo directamente el cero y nos ahorramos trabajo los dos.

–Pero, don Blas...

–¡Ah, cómo! ¿No le parece bien? ¡Pues dos ceros! Y no me mire con su carita de mártir, San Dalmacio, que me pone nervioso.

Ejemplo 2

–Dalmacio, un cero.

   –Pero si no he hecho nada, don Blas...

   –Ya lo sé. Pero hoy me duelen las muelas. Y usted es el chivo expiatorio, le recuerdo.

   –¿El qué?

   –¡Ah! ¿No sabe lo que es el chivo expiatorio, Dalmacio? Pues lo mira en el Espasa y me trae para mañana cien líneas de redacción sobre el tema: «El chivo expiatorio y su relación con el ciclismo *amateur*.»

Ejemplo 3

–Pero ¿cuándo se va a cambiar el nombre, Dalmacio? ¿Aún no se ha dado cuenta de que me resulta insufrible?

   –Es que mis padres no quieren.

   –¿Sus padres? ¿Y qué rábanos pintan sus padres en todo esto? ¿Quién manda en esta clase, sus padres o yo?

   –Usted, don Blas.

   –¡Pues eso! ¡Ay, Dalmacio, Dalmacio! ¡Qué mal le veo, Dalmacio! ¡Dalmaciooo...!

Conclusión

Mis notas cayeron en picado, claro. No es que antes fueran buenas. Pero si a unas notas normalitas tirando a flojas se les añade un par de ceros diarios, el resultado se vuelve rápidamente catastrófico. A eso me refiero.

2. Operación Papel

Mi oportunidad

Está científicamente demostrado que el ingenio se agudiza con la necesidad.

Como las notas que empecé a sacar a partir del segundo trimestre eran simplemente impresentables, le conté a mi padre la historia de que, con el nuevo año, había entrado en vigor una reforma educativa por la que solo se nos darían notas a final de curso. Con eso, y falsificando su firma en los boletines quincenales, esperaba ganar tiempo y encontrar el modo de enderezar mi destino antes de junio.

La oportunidad llegó en marzo y se llamó «Operación Papel».

Promovida por el *Arriba España*, uno de los periódicos locales, la Operación Papel era una suerte de competición colegial de recogida de papel usado con cuya venta se pretendía construir un taller de reparación de bicicletas en la ciudad marroquí de Sidi Ifni, que daría trabajo a no sé cuantísimas personas. Y, encima, había suculentos premios para los centros más colaboradores: el colegio campeón, concretamente, recibiría un apetitoso surtido de material de gimnasio donado por Casa Artiach: doble espaldera, caballo, plinto, anillas reglamentarias, soga de nudos y colchonetas de gomaespuma. Un lujo.

Don Blas, claro, fue elegido para organizar la participación de nuestro colegio en la famosa Operación. Y se tomó su cometido con tal interés que, de inmediato, entreví ahí mi oportunidad.

Ni una hoja de papel en toda la ciudad

–¡Señores, hay que ganar la Operación Papel! –clamaba don Blas de clase en clase, interrumpiendo la tarea de sus colegas en cualquier momento de la jornada–. ¡Hemos de quedar campeones! ¡Ojo con eso! Si no ganamos, aquí va a suspender hasta el apuntador. ¡Como me llamo Blas!

Pronto comprendí que allí estaba la manera de reconciliarme con mi tutor: contribuir de manera decisiva al éxito de nuestro colegio, el Miguel Servet, en la Operación Papel. De modo que, esa misma tarde, en cuanto regresé a casa, comencé a registrarlo todo en busca de papel usado. Hasta el último rincón. Todo, todo. Y el resultado fue nada de nada.

–Papá...

–¿Mmmm...?

–No hay papel.

–Pues ve por otro rollo a la despensa.

–No hablo de papel higiénico, papá. Hablo de papel, a secas. Papel usado. Revistas viejas, cajas de cartón, periódicos...

–No. Creo que no. Ya sabes que somos una familia moderna. En esta casa no se leen periódicos; se escucha la radio. Y, muy pronto, veremos la televisión. Ya casi tengo ahorrado el dinero para comprar una Vanguard.

–Ya. Qué bien.

Intenté conseguir papel por otros medios. Incluso rebuscando en los cubos de basura del vecindario. Pero no hubo forma. La Operación Papel estaba en su apogeo y un número atrasado de *Triunfo* era un objeto tan codiciado que algunos quiosqueros acudían al trabajo armados con estacas para defender la mercancía.

Mi maldita mala suerte continuaba, pues, impasible. Mi vida seguía su curso hacia el abismo, incapaz por sí misma de modificar la velocidad ni la dirección de su trayectoria. Inercia pura.

Compañía Telefónica Nacional de España

Cada martes, el *Arriba España* publicaba los resultados provisionales de la Operación Papel, en la que nuestro colegio se codeaba siempre con los mejores.

A principios de este mes, faltando apenas dos semanas para el final de la Operación, la lucha por el primer puesto había quedado reducida a un mano a mano entre el Miguel Servet y los dominicos, que nos superaban por algo más de trescientos kilos.

Los nervios de don Blas estaban como cuerdas de arpa. Y gastaba un genio de mil demonios.

–A ver, Dalmacio. ¿Cuánto papel ha traído usted hoy?

–Nada, don Blas.

–¿Nada? ¿Nada? ¡Y lo dice tan campante! ¡Qué sangre fría, virgen santa! ¡Pues tiene usted un cero! ¡Hombre! Será posible...

–Es que no hay papel usado por ninguna parte, don Blas.

–¿Que no hay? ¿Que no hay? ¡Lo que no hay es vergüenza! Vamos a ver... ¿Tiene teléfono en su casa, Dalmacio?

–Pues... sí.

–Entonces, tendrá también la guía telefónica, ¿no? Pues ahí lo tiene. Por lo menos pesa un kilo. ¡Un kilo de papel!

–Sí, pero...

–¡No hay pero que valga! ¡Mañana quiero aquí todas las guías telefónicas de sus domicilios! ¿Está claro? Y el que no la traiga, tendrá un cero. ¿Ve qué fácil es, Dalmacio? Solo hay que pensar un poco. Claro que, para usted, eso de pensar debe de ser un misterio. ¡Jia, jiaaa...! ¡Ay, Dalmacio, Dalmacio...! ¡Qué mal le veo, Dalmacio! ¡Dalmaciooo...!

La cosa se ponía negra. Pero que muy negra. Sin embargo, cuando todo parecía irremediablemente perdido, el destino pareció querer echarme una mano.

En realidad, me estaba echando la peor zancadilla de mi vida, pero, claro, entonces me resultaba imposible saberlo.

Muerte de un trapero

–¿Cómo se llama el trapero del cuarenta y dos, Anita? –preguntó mi padre esa noche, de pronto, en mitad del primer plato de la cena.

–¿Es una adivinanza, Matías? –repreguntó mi madre, a su vez.

–No, mujer. Hablo de ese hombre que almacena desperdicios en el sótano del número cuarenta y dos de esta calle. ¿Cómo se llama? Tiene su nombre pintado en un cartón, sobre la puerta.

–¡Ah, sí! Bartolomé, me parece. O algo parecido.

–Bernabé –dije–. Trapos y cartones Bernabé Ferreiro. Eso es lo que pone.

–¡Exacto! –confirmó mi padre–. ¡Ferreiro! Bueno, pues... ¿sabéis una cosa? ¡Esta mañana lo ha atropellado un trolebús!

–¡Qué me dices! –exclamó mi madre, llevándose ambas manos al pecho.

–Lo que estáis oyendo. Lo han dicho por la radio, en el parte de las ocho. Al final de la cuesta del Arrabal, en el arranque del puente, un trolebús de la línea diez ha atropellado a un hombre indocumentado que empujaba un carrito de mano cargado de chatarra.

–¿Y cómo sabes que se trata del mismo hombre, si iba indocumentado? –pregunté.

Mi padre sonrió con suficiencia. Debía de creerse Hércules Poirot.

–El carrito de mano llevaba un rótulo: «B. Ferreiro». Tiene que ser él. A la fuerza.

–Pobre hombre –susurró mi madre, santiguándose.

–Pero... ¿ha muerto?

–No lo sé con seguridad, Dalmacio. En la radio solo han dejado claro que lo había atropellado un trolebús y que la policía aún ignoraba su identidad.

Mi padre volvió a las acelgas mientras mi madre y yo nos mirábamos en silencio durante unos segundos.

–¡Ejem...! Matías...

–¿Sí, Anita?

–Si aún no han identificado a ese hombre... quizá deberíamos llamar a la policía y decirles lo que sabemos: que puede tratarse del trapero del cuarenta y dos.

–Quita, quita, mujer –replicó mi padre, al momento–. A ver si van a pensar que tenemos relación con los bajos fondos y nos metemos en un lío. Que lo descubran ellos, que para eso cobran.

–Tienes razón, Matías.

–Toma, claro. Como siempre.

Un perro o un mecano

La cosa quedó ahí, de momento.

Pero cuando las sardinas del segundo plato aterrizaron sobre la mesa, una idea estaba terminando de formarse en mi cabeza impidiéndome pensar en otra cosa. Y era una idea fabulosa. Una idea que podía significar mi salvación.

¿Era posible que una fuerza inesperada hubiese entrado en mi vida, modificando la velocidad y la dirección de mi mala suerte?

A la hora del postre, sentía que los nervios se me comían desde dentro. En cuanto me terminé el vaso de leche con colacao que mi madre se empeña en darme como remate de todas las comidas, corrí a mi cuarto, agarré mi cazadora y comprobé que mi linterna de petaca Tudor funcionaba.

–Mamá... me voy a la calle a pasear al perro.

–Me parece muy bien, hijo. Pero, estooo... Dalmacio.

–¿Qué?

–Que nosotros no tenemos perro.

Vaya. Los nervios me habían traicionado. Tuve que recurrir a la improvisación.

–¡Anda, es verdad! Quiero decir que... pensaba pedir un perro como regalo de fin de curso y... y... quiero comprobar si es muy latoso sacarlo a pasear por la noche. Porque, si es muy latoso, mejor pido un mecano.

–Ah. Buena idea, hijo.

Trapos y cartones Bernabé Ferreiro

Eran las diez. La calle de San Miguel estaba desierta y mal iluminada. Hacía un frío de narices para estar a mediados de junio. Con las manos en los bolsillos de la cazadora, avancé por la acera de los pares hasta el número cuarenta y dos.

Allí estaba.

Como algunos otros edificios cercanos, la casa se encontraba abandonada. Hasta unos años antes, los bajos habían estado ocupados, si la memoria no me fallaba, por una farmacia que luego se trasladó al número sesenta de la misma calle. Quizá durante algún tiempo viviese todavía algún vecino en la casa, pero hacía ya mucho que solo se veía actividad en el sótano. Allí era donde ese tipo delgado y siniestro, de brazos nervudos cubiertos de tatuajes —el tal Bernabé Ferreiro— almacenaba y clasificaba los materiales que iba trayendo hasta aquí desde todos los puntos de la ciudad, a razón de diez o doce viajes de carrito diarios. O así lo venía haciendo hasta ese día, al menos.

Un par de tragaluces situados justo a ras de la acera me permitieron echar un vistazo al interior. Eso sí, tras rascar con las uñas durante un buen rato la capa de mugre que cubría los cristales.

Prácticamente tumbado sobre el suelo, haciendo pantalla con las manos, encendí la linterna. Al otro lado del cristal, a un palmo de mi cara, me miraba con sus ojillos negros la rata más gorda que he visto en mi vida.

—¡Uaaaah...! —grité, retrocediendo.

—¿Qué porras pasa ahí? —preguntó de inmediato una voz, a mi espalda, elevando mi susto a la cuarta potencia.

Era el guardia Porras. Bueno, no sé si de verdad se apellida Porras o lo llama así la gente del barrio por alguna razón que no acierto a comprender.

—Es que, es que, es que... me... me... he caído —balbuceé.

−¿Que te has caído? ¡A saber qué porras estarías haciendo! ¡Anda a tu casa echando virutas, pardal! ¡Porras ya!

Eché a andar acera adelante. Pero antes de llegar a la altura de mi portal, y tras asegurarme de que el guardia Porras había tomado un camino distinto, regresé al cuarenta y dos, decidido a efectuar la comprobación que tanto me interesaba.

La rata más gorda del mundo seguía allí, pero esta vez conseguí reprimir el impulso de salir corriendo. Y cuando golpeé el cristal con los nudillos, fue ella la que huyó, dando saltos. ¡Ja!

Había más: un pequeño ejército de ratas negras, de larga cola sonrosada, se paseaba por el interior de la trapería, entre piezas de chatarra de lo más diverso, grandes paquetes de trapos atados con cuerda de sisal y... al fondo... a ver... Sujeté la linterna con las dos manos para fijar el haz de luz y disipar mis dudas.

−¡Sí...! −exclamé, en un susurro−. ¡Sí, sí! ¡Ahí está!

Justo lo que yo imaginaba.

Papel.

Montañas de periódicos atrasados. Toneladas métricas de revistas viejas y cartón de embalar. Suficiente papel usado como para construir media docena de fábricas de bicicletas en Río Muni. ¿O era en Fernando Poo?

Se me disparó el ritmo cardíaco ante aquel espectáculo prodigioso. En las actuales circunstancias, con don Blas dispuesto a ganar la Operación Papel a cualquier precio, aquello era un tesoro de valor incalculable. Y si el trapero Ferreiro realmente había muerto, se trataba de un tesoro sin dueño. Un tesoro que solo esperaba al intrépido bucanero que quisiera apoderarse de él.

Y ese era yo.

Me sentí dichoso. Aquel montonazo de papel iba a cambiar mis ceros por matrículas de honor. Mi suerte, por fin, daba un giro espectacular.

Adiós, inercia, adiós.

La muerte: constatación empírica

–¡Por lo menos hay un millón de kilos! –exclamé, como colofón de mi relato, cuando ya el primer recreo de la mañana siguiente tocaba a su fin.

Vives y Lambán me miraron con expectación.

–Los dominicos cada vez nos llevan más ventaja –recordó Vives–. Solo algo así podría conseguir que el Miguel Servet ganase la Operación Papel. Si lo negociamos bien con don Blas, esto nos puede garantizar a los tres un sobresaliente como nota media final... sin dar golpe.

–Pero... ¿estás seguro de que podemos apropiarnos de todo ese papel sin problemas? –preguntó Lambán–. A ver si nos acusan de robo y terminamos los tres en la cárcel.

–Me he informado bien –aseguré–. He interrogado con habilidad a la portera de mi casa.

–Bien hecho –confirmó Vives–. Las porteras lo saben todo y, además, están deseando contarlo.

–Me ha asegurado que el trapero no tiene parientes. La casa, como todas las de la manzana, es propiedad de doña Lucrecia nosecuantos, una anciana que vive en el caserón del número cuarenta y ocho, rodeada de gatos, y que está como un cencerro. Al parecer, dejaba que Ferreiro ocupase el sótano gratuitamente porque su presencia alejaba a otros posibles intrusos. El edificio lleva vacío varios años, desde que se marcharon los últimos inquilinos, un grupo de profesores de matemáticas que celebraban extrañas reuniones secretas en el entresuelo derecha.

Vives asintió con la cabeza.

–Todo eso está muy bien. Pero hay un dato fundamental que aún no hemos confirmado. O, mejor dicho, dos: ¿Estamos seguros de que nuestro hombre es el mismo al que atropelló ayer el trolebús del Arrabal? Y si es así... ¿efectivamente murió o solo resultó herido?

Los tres nos miramos en silencio.

–Todos los indicios están de nuestro lado, pero...

–... Pero tenemos que asegurarnos –completó Vives.

–¿Cómo podemos hacerlo? –preguntó Lambán inocentemente.

Vives y yo sabíamos la respuesta.

–Necesitamos una constatación empírica –dijo él.

–¿Eh? –gruñó Lambán.

–La morgue –susurré.

–¿Se puede saber de qué estáis hablando? –protestó nuestro altísimo compañero.

–Vallejo tiene razón –dijo Vives–. La solución está en la morgue: el depósito de cadáveres. A los muertos en accidente les hacen la autopsia en el Instituto Anatómico Forense. Si el trapero Ferreiro ha muerto, su cadáver estará allí. Y solo hay una forma de asegurarnos de que se trata del mismo sujeto: entrar y verlo con nuestros propios ojos.

Un escalofrío me recorrió la espalda. Tuve que reconocer, sin embargo, que Vives tenía razón.

–¿Cuándo lo hacemos?

–Tiene que ser esta misma noche –dijo Vives–, o corremos el riesgo de que alguien se nos adelante y se apodere de todo ese papel. Alguien de dominicos, por ejemplo.

–Eso sería una tragedia.

El olor de la muerte

–Pensaba que resultaría más difícil. Que habría un policía de guardia permanente en la puerta o algo así.

A mi lado, Vives se encogió de hombros.

–Ya ves que no. Realmente... ¿quién va a querer robar unos muertos?

–Y tampoco es fácil que se escapen. ¡Je! –añadió Lambán.

Oscurecía cuando llegamos a las inmediaciones del Instituto Anatómico Forense Doctor Trueta, ubicado en un pequeño y coquetón chalet con jardín situado en una de las zonas residenciales de la ciudad, al costado de la antigua Facultad de Medicina.

No había policía. Bueno, ni policía, ni nada de nada. Por lo visto, una vez que terminaba la jornada laboral de los forenses, allí no quedaba nadie. Nadie vivo, quiero decir.

La verja exterior de hierro ni siquiera estaba cerrada con llave, de modo que nos bastó empujarla con fuerza para entrar.

El pequeño edificio de una sola planta estaba rodeado por un jardín que nadie cuidaba, salpicado de árboles que crecían de modo desordenado. Caótico, que habría dicho don Basilio.

La puerta de la casa sí estaba cerrada. Sin embargo, pronto descubrimos que una de las ventanas traseras se encontraba abierta. Sin duda, para ventilar la sala principal.

En cuanto nos acercamos a ella, Lambán arrugó la nariz.

–Dios mío... ¿qué es esa peste?

En efecto, un olor fuerte, extrañamente nauseabundo, escapaba hacia el exterior a través de la ventana entornada.

–Es el olor de la muerte.

Dijo Vives, muy serio, mientras se llevaba una mano a la boca del estómago. Lambán y yo, claro, lo miramos espantados. Y, sin más, se subió al alféizar, empujó la hoja de la ventana y se coló en el interior.

Nosotros lo seguimos mientras sonaban las nueve y veintidós en el cercano reloj de la iglesia del Carmen.

–No se parece nada a los depósitos de cadáveres que aparecen en las películas americanas –dije, mientras recorría el lugar con la luz de mi linterna.

–¿Qué esperabas? Esto no es New Jersey.

–Parece un bar –dijo Lambán–. Solo falta la barra.

En parte, era cierto. Había una cámara frigorífica con cuatro puertas, en todo idéntica a la del bar Brasil, donde el padre de Vives pasaba las horas muertas jugando al dominó con los componentes del Pastillas Juanola, un equipo ciclista semiprofesional, a los que nadie había visto jamás entrenar.

Otra de las zonas del Anatómico Forense semejaba un taller mecánico, con una nutrida exposición de herramientas cuidadosamente colocadas sobre un panel colgado de la pared.

Algo más allá vimos un par de básculas que recordaban a las de los puestos de menuceles del Mercado Central.

Y cuatro grandes camillas de hospital. Con ruedas.

De las cuatro, dos se hallaban ocupadas.

Ocupadas por dos cadáveres.

Cadáveres cubiertos por sendas sábanas.

Sábanas que solo les dejaban al descubierto los pies.

Una tarjetita de cartulina colgaba de los pulgares derechos.

—«Evaristo Vilches Domeque» —leyó Vives en la primera de ellas—. «Juzgado de Instrucción Nº 7.»

—«S.I.» —leí yo, en el otro pulgar—. «Juzgado de Instrucción Nº 3.»

—¿Ese, punto, i, punto? —preguntó Lambán.

—Seguramente significa: Sin Identificar —aventuró Vives.

—Entonces... ¡tiene que ser este! —dije yo.

Había llegado el momento.

—Va, Vallejo. Destápalo tú.

—¿Yo? ¿Por qué yo?

—Tú eres quien debe reconocerlo —aseguró Vives—. Yo no he visto nunca a ese trapero. ¿Cómo podría saber si se trata de él?

–Ah. Sí, claro, claro...

Con mano temblorosa, intenté levantar la sábana por un pellizco de tela de la parte superior. A la altura de la cabeza.

–¿Qué pasa? No... no puedo...

–Me parece que le estás pellizcando la nariz.

–¡Ay...! Sí, tienes razón...

Volví a intentarlo. Ahora sí, pude retirar el sudario. Yo pretendía descubrirle solo la cara, pero la sábana resbaló por completo cayendo al suelo y dejando el cadáver enteramente al descubierto.

–Ostrás... –exclamó Lambán, retrocediendo un paso.

Era el cuerpo de un hombre alto y delgado, de brazos fuertes, profusamente tatuados con calaveras y frases alusivas al legendario valor de los legionarios; estaba desnudo, claro; y presentaba una enorme cicatriz en forma de y griega que le recorría el pecho, como resultado de la autopsia a que había sido sometido. También el cráneo mostraba señales de haber sido abierto con ayuda de una sierra y remendado después sin muchas contemplaciones.

Pese a todo, resultaba perfectamente reconocible.

–Sí. Es él –susurré, conteniendo un escalofrío–. Es Ferreiro.

–¿Estás seguro? –preguntó Vives.

–Sí, seguro. Vámonos. Vámonos de aquí.

–¿Pero seguro, seguro?

–¡Que sí, caramba!

–¡Bien! –exclamó Lambán, muy contento–. El papel es nuestro.

Un silencio de muerte

–¿Quién anda por ahí?

La frase, lanzada en tono amenazador por una voz rota y desagradable, nos puso los pelos de punta.

Giré la luz de mi linterna y, durante un segundo, pudimos ver a un tipo gordísimo, vestido con un delantal de carnicero manchado de sangre, que acababa de entrar, procedente de la sala contigua.

Vives, Lambán y yo lanzamos un grito al unísono y echamos a correr hacia la ventana.

El carnicero, sin embargo, avanzó hacia nosotros cortándonos el paso y optamos por desplegarnos. De modo instintivo apagué la linterna y cada uno buscó la huida en medio de la oscuridad apenas matizada por el tenue resplandor procedente de las farolas de la calle.

No vi hacia dónde corrían mis compañeros. Yo, con mi habitual torpeza, me encontré enseguida acorralado en uno de los rincones de la sala. Sin escapatoria.

Apenas veía nada, pero intuí los movimientos de nuestro perseguidor. No había logrado atrapar a ninguno de mis amigos y regresaba hacia la zona en la que yo me encontraba. Si no daba pronto con un buen escondite, estaba perdido.

Tenía tanto miedo que ni me paré a pensarlo. Me acerqué a la camilla metálica en la que reposaba el cuerpo de Evaristo Vilches, alcé la sábana y me deslicé junto a él. La camilla era ancha y el hombre, delgado; así que no me fue difícil acomodarme a su lado.

Oí pasos que se acercaban y traté de mantenerme inmóvil y de contener la respiración. Tanto por no delatar mi presencia allí como por no respirar el aire, sin duda viciado, de las proximidades del cadáver.

Lo que no pude evitar fue rozarle con el dorso de la mano. Pude sentir así la frialdad de la muerte directamente sobre la piel.

Y, de pronto, noté perfectamente el desplazamiento de la camilla. ¡Se estaba moviendo! O, mejor dicho, alguien la estaba empujando.

La cabeza me daba vueltas a treinta y tres revoluciones por minuto.

Un traqueteo. Y la camilla que se desliza, ya no sobre sus ruedas, sino sobre una superficie lisa, posiblemente metálica.

¡Un golpe seco! Como una puerta que se cerrase tras de mí. No, una puerta no: una compuerta. Una escotilla o algo parecido.

Silencio.

Silencio absoluto.

Un silencio de muerte.

Y frío.

Un minuto de frío y de silencio.

Tres minutos de silencio y de frío.

Se me estaban durmiendo los brazos. Se me estaba helando la punta de la nariz. Decidí moverme.

Apenas lo hice, mi mano derecha tropezó con una superficie metálica. Metálica y helada, para ser exacto.

Una terrible sospecha empezó a tomar forma.

Alcé la mano. Cuando comprobé que la superficie metálica y fría se doblaba noventa grados para continuar por encima de mí como un techo cercano, apenas a un palmo de mi rostro, la sospecha se completó de modo contundente y terrorífico.

¡Me habían metido en la nevera!

—¡Socorrooo...!

Amigos hasta la muerte

Fueron solo cinco minutos, pero a mí me parecieron cinco semanas. Estaba a punto de caer en una crisis nerviosa cuando oí las voces de mis compañeros.

—¡Vallejo! ¿Dónde estás? ¡Vallejo!

—¡Responde!

—¡Aquí! —grité—. ¡Aquí! ¡Estoy aquí!

—Aquí, ¿dónde?

—¡En la nevera! ¡Abrid la nevera!

Oí el sonido de dos pestillos antes de que acertasen con el compartimento en el que me encontraba junto al cadáver de don Evaristo Vilches.

—¡Aaaah...! ¡Por fin!

—Pero ¿estás tonto? —me gritó Lambán, apenas puse el pie en el suelo—. ¿Cómo se te ocurre esconderte junto a un muerto?

—No volverá a ocurrir, te lo aseguro —respondí, tratando de calmar mi corazón apoyando con fuerza las manos en el pecho.

—Vamos, vamos, tenemos que salir de aquí a toda prisa –fue la sensata orden de Vives.

Había tenido suerte.

Suerte de tener dos amigos a prueba de bomba como Vives y Lambán. Ellos habían conseguido huir pero en ningún momento se les pasó por la cabeza la idea de dejarme abandonado. Sabían que no había podido salir de la sala de autopsias y, en cuanto lo vieron posible, regresaron para rescatarme.

—El tipo gordo debe de ser prácticamente ciego –dijo Vives–. Eso explicaría por qué mantenía las luces apagadas y cómo es que ha metido los dos cadáveres en la nevera pero no te ha descubierto tumbado junto a uno de ellos.

—El susto que nos ha dado ha sido morrocotudo –comentó Lambán.

—Eso no ha sido nada. ¡Los cinco minutos que he pasado dentro de la nevera, hombro con hombro con un cadáver! Eso es lo que me va a impedir conciliar el sueño durante el resto de mi vida.

—Menuda suerte –dijo Lambán–. La de libros que te vas a poder leer...

—Sin embargo, ha merecido la pena –concluyó Vives–. Ahora sabemos que el trapero está muerto y que podemos llevarnos todo el papel que tenía almacenado.

Yo, sin embargo, no estaba completamente seguro de eso.

—Lo cierto es que eso de robar a los muertos...

—¡Anda con lo que nos sale este ahora! Pues de eso se trataba, ¿no? –terció Lambán.

—No, ya, sí, claro, claro. Pero...

–Además, hay que darse prisa –puntualizó Vives–. Mañana mismo, a primera hora, se lo planteamos a don Blas: sobresaliente para los tres, si quiere ganar la Operación Papel.

–¿Y si se niega?

–Le amenazamos con darle todo el papel a los escolapios, que van terceros.

–Buena idea.

Noche de ronda

Lo de que no volvería a pegar ojo en mi vida duró hasta las tres y cuarto de esa misma madrugada. Hasta ese momento, en efecto, el recuerdo de los angustiosos minutos vividos en el Anatómico Forense me impidió pegar ojo. Luego, súbitamente, la tensión acumulada se convirtió en un cansancio insuperable que desembocó en un sopor irresistible.

Que me quedé frito, vaya.

Dormí profundamente durante tres cuartos de hora; luego, las campanadas del reloj de la catedral dando las cuatro, me despertaron.

La siguiente hora y media fue un angustioso duermevela.

Cada vez que me dormía, soñaba. Y, naturalmente, soñaba con el trapero Ferreiro, que me perseguía con saña, desnudo, cubierto de cicatrices y de tatuajes de la Legión mientras me gritaba con la voz de don Blas: «¡Ay, Dalmacio, Dalmacio! ¡Qué mal le veo, Dalmacio!» Cuando el trapero estaba a punto de atraparme, me despertaba, sudoroso y taquicárdico, para volver a dormirme poco después y soñar de nuevo la misma escena. Una y otra vez.

Una y otra vez...

Al filo de las cinco y media, sin embargo, ocurrió algo distinto. Tan escalofriante e inexplicable que casi me da reparo contarlo, por si alguien pudiera llegar a pensar que no estoy en mis cabales. Aunque entonces no pudiera saberlo, fue el primer signo del infierno en el que me iba a zambullir durante los siguientes días.

Mis pesadillas iban evolucionando ligeramente conforme avanzaba la noche. En la última, don Blas y el trapero Ferreiro, desnudos ambos y agarrados del brazo, me señalaban con el dedo mientras cantaban a coro con la música de *La verbena de la Paloma*:

¡Pero qué mal le ve-mos, Dalma-ciooo!
¡Ay, Dalma-cio, le ve-mos muy maaal...!

De pronto, en plena verbena, cesó la música y cambió la letra.

Una nueva frase sustituyó a las anteriores. Una frase misteriosa que, a partir de ese día, ya siempre me produciría un escalofrío siempre que alguien la pronunciase cerca de mí:

«Mal asunto, muchacho. Mal asunto.»

Debí de revolverme inquieto en la cama. Algo fallaba en aquel sueño. No era lógico que don Blas, tan ordenado él, cambiase caprichosamente de frase. Además...

Además, no era su voz. Seguro. Y tampoco era la voz del trapero Ferreiro. Era otra.

–Mal asunto, chaval. Mal asunto.

Otra vez. Otra vez esa frase. Y esa otra voz, tan aguda y tan siniestra a un tiempo...

–Mal asunto. Mal, mal asunto...

Entonces caí en la cuenta. No era una voz de pesadilla. No sonaba dentro de mi cabeza, no era el eco de un sueño. Era una voz real. Había alguien allí mismo, en mi cuarto, a los pies de mi cama, diciéndome una y otra vez eso del mal asunto.

Con un esfuerzo supremo, abrí los ojos.

Recortada su silueta contra el resplandor procedente del marco de la puerta, pude ver que había un hombre en mi habitación. Un tipo alto y flaco, muy flaco, que me recordaba lejanamente a Ferreiro.

–Mal asunto, chico –repitió aquel sujeto, una vez más, moviendo la cabeza de un lado a otro–. Mal asunto.

Eché mano a la mesilla de noche y encendí la lamparita. Durante un par de interminables segundos, pude verlo con claridad: moreno de piel, con ojillos de roedor y el pelo largo, lacio, grasiento. Me sonrió, mostrando unos dientes torcidos y amarillos.

De repente, me dio la espalda, salió de mi cuarto y se marchó andando por el pasillo.

–¡Aaaaaah...! ¡Papáaaaa!

Salté de la cama y corrí a la habitación de mis padres dando gritos.

–¿Qué pasa, Dalmacio? ¿Qué pasa?

–¡Hay un hombre en la casa! ¡Un intruso! ¡Estaba en la puerta de mi cuarto!

–¿Un ladrón? ¡Virgen Santaaa! –exclamó mi madre, mientras mi padre saltaba de la cama y corría a la cocina en busca del cuchillo de cortar jamón.

–¡Matías! ¡Ten cuidado, Matías! ¡Por Dios, Matías!

Cinco minutos después, mi padre regresaba con el ceño fruncido y blandiendo el cuchillo.

–No hay nadie, Dalmacio. La puerta está cerrada. Las ventanas están cerradas. Todo está cerrado. Has debido de tener una pesadilla.

–No, no, no, no, no. ¡No! –negué–. De eso, nada, papá. Ese hombre estaba ahí cuando me he despertado. ¡Estoy seguro! Era real. No era un sueño. Llevaba un traje oscuro, con chaleco, y me ha dicho: «Mal asunto.»

–¿Mal asunto?

–¡Sí! ¡Mal asunto!

3.2. El pozo de San Lázaro
(23 de junio de 1970. Más tarde aún.)

–Cuida, niño, no te vayas a caer –me dice una señora con todo el aspecto de venir del Mercado Central de comprar zanahorias.

Caray, qué manía la de los mayores con que me voy a caer...

–No, señora –le digo–. No me voy a caer. ¡Me voy a tirar, que no es lo mismo!

–¿A tirar? ¿Que te vas a tirar? ¡A ver si llamo a un guardia! ¡Vándalo! ¡Sarraceno!

¡Ostrás la señora, cómo se ha puesto! ¡Ni que le hubiese dicho que la iba a tirar a ella! Y, claro, con las voces que ha empezado a dar, todos los transeúntes se volvían a mirarme con cara de mala uva. Seguro que pensaban que he intentado quitarle el bolso o algo parecido. A ver, ahora, quién es el guapo que se tira así al río, con todos los ciudadanos pendientes de uno y la reputación hecha una espontex.

Mejor me voy al otro extremo del puente, el más cercano al Arrabal.

Por cierto, que por aquí cerca debió de atropellar el trolebús al trapero Ferreiro. Pobre hombre, quién se lo iba a decir.

Bien, vamos allá.

Desde aquí no puedo fallar. Dicen que justo debajo está el pozo de San Lázaro.

Es tremendo, lo del pozo de San Lázaro. Por lo visto, se trata de un agujero enorme que hay en el fondo del río y que nadie sabe realmente adónde va a parar. Lo que está claro es que de lo que se traga el pozo de San Lázaro no vuelve a saberse nunca jamás. Hace dos años, un autobús que circulaba por el puente se cayó justo allí. Bueno, pues los bomberos bajaron con trajes de buzo, agarrados a unas cuerdas, y dijeron que allí no había nada. Ni autobús ni pasajeros ni nada de nada. Como suena.

La gente del arrabal dice que el pozo no tiene fondo. Otros, aseguran que es la entrada al infierno. Esto, a mí me parece un poco raro porque si fuera la entrada al infierno, el agua del río se pondría a hervir o se verían salir vapores sulfurosos. Vamos, digo yo.

Lo que está claro es que se trata del mejor lugar posible para llevar a cabo mis propósitos. Ni el viaducto ni la vía del tren se le pueden comparar. Vamos, ni de lejos.

Me subo al pretil y me aclaro la garganta.

—¡Adiós, mundo cruel! —exclamo, una vez más.

—Hola, Dalmacio.

—¡Aaaah! ¡Madre mía, qué susto! ¡Casi me caigo!

—Lo siento. ¿Qué haces?

Es Laura. ¿Será posible? ¿Qué significa esto? Laura pasa por aquí, justamente ahora y, encima, me llama por mi nombre.

–Hola, Laura. Nada. Nada. Estaba... pensando.

–¿Subido al pretil? ¿Y en qué pensabas?

–Pues... pensaba en... suicidarme.

–Ya. Eso me parecía. ¿Es por mi culpa?

–¿Qué? ¿Tu culpa? ¡No! No, no, en absoluto. No es por tu culpa, no. ¡Qué va! Te aseguro que no tienes nada que ver.

–Lástima.

–¿Lástima?

–Sí, es una lástima porque si te fueras a suicidar por mi culpa a lo mejor podía hacerte cambiar de opinión.

Bajo del pretil. Ella se acerca y me retira el flequillo con la mano.

–Estás mejor así –dice.

Creo que no va a hacer falta que me tire al pozo de San Lázaro. Como Laura se me acerque más me va a dar un infarto de miocardio y moriré de inmediato en sus brazos.

–Siento mucho que lo de ayer no sirviera para nada. Pero fue emocionante, ¿verdad?

–Sí, mucho. Muy emocionante.

Me sonríe y yo me derrito.

–Bueno, Dalmacio, tengo que irme –susurra–. Si por fin no te tiras, podrías llamarme un día de estos. ¿Te gusta jugar a los bolos?

–Pues...

–¿Y patinar sobre hielo?

–Mujer... ¿y el cine? ¿No te va?

–Sí, también –dice, sonriendo.

–Bueno, pues igual te llamo para ir al cine. Pero no te hagas muchas ilusiones, ¿vale?

–Vale.

Se marcha. A los cuatro pasos, se detiene.

–Quizá deberías esperar un rato –me dice–. Con el trasiego de gente que hay por aquí ahora, seguro que te ve mucha gente.

–¿Y qué?

–Que a lo mejor alguien se piensa que te has caído, se tira detrás de ti para salvarte y se ahoga también.

–Caray. Tienes razón. No me lo perdonaría nunca. Gracias, Laura.

–No hay de qué.

Pues sí. Tal vez sea mejor esperar a la hora de comer, a ver si entonces afloja un poco el gentío. Y mientras tanto, sigo contándoles lo mío. Vamos, si no les molesta.

El robo del siglo

Don Blas tragó de inmediato. Era el último día del curso y también el último día de la Operación Papel. La ventaja de los dominicos se había ampliado. No había una sola hoja de papel usado en toda la ciudad. Ni siquiera en los barrios rurales de la periferia. Así que nuestro ordenadísimo profesor prácticamente había arrojado la toalla.

Entonces aparecimos nosotros. En el momento psicológicamente más oportuno.

–¿Cuánto papel dices que tienes?

–Suficiente para ganarles a los dominicos, de largo –aseguré.

–¿Estamos hablando de... quinientos kilos?

–Posiblemente, el doble.

En los ojos de don Blas, la codicia brilló con luz propia.

–Mil... kilos... –balbució.

–Tal vez más, incluso.

Hizo como que se lo pensaba, pero tanto Vives como Lambán y yo nos dimos cuenta de que solo estaba tratando de disimular su entusiasmo.

–De acuerdo, pequeños chantajistas. Si es cierto que tenéis todo ese papel, os subiré unos puntos.

–Unos puntos no, don Blas. Los puntos necesarios para llegar al sobresaliente –exigió Vives–. A los tres. Y todos los ceros que le ha puesto a Vallejo desde enero, no cuentan.

El hombre inspiró rápida y profundamente tres veces.

–En fin... todo sea por los desempleados de Sidi Ifni. Acepto el trato.

–No se arrepentirá.

–Falta un detalle, don Blas –intervino Lambán–. ¿Cómo vamos a llevarnos el papel? Mil kilos son muchos kilos.

–Dejad eso de mi cuenta –dijo el profesor, en tono misterioso–. ¿Cuándo podemos ir a buscar ese maravilloso montón de papel?

Vives, Lambán y yo nos miramos.

–Esta noche, alrededor de las diez.

–¿No es demasiado justo? La Operación Papel termina hoy, a medianoche.

–Hay tiempo de sobra –dijo Vives, en un tono que dejaba poco espacio a la réplica.

–¿Dirección?

–San Miguel, cuarenta y dos.

–Allí estaré –afirmó el profesor–. Si todo sale bien, tendréis vuestro sobresaliente. Pero como algo falle... ¡os fundo a suspensos! ¡Como me llamo Blas!

Un plan. Urgentemente

La negociación con don Blas había sido tan fácil y rápida como esperábamos. Ahora, faltaba lo más complicado.

–¿Cómo vamos a entrar en el sótano del trapero?

–No hay ningún acceso desde la calle –informé a mis compañeros– y los tragaluces son demasiado estrechos para colarse por ellos. La única posibilidad está en entrar por la puerta principal de la casa.

–Bien. Nos vamos allí esta tarde, esperamos a que salga algún vecino y nos colamos dentro –propuso Lambán.

Carraspeé con preocupación.

–La casa está vacía. No hay vecinos.

–Vaya –se lamentó Vives–. Eso es una ventaja pero también un inconveniente. Quizá resulte algo más complicado de lo que pensaba.

–Son las diez de la mañana –nos informó Lambán–. Hemos quedado con don Blas a las diez de la noche. Tenemos doce horas para dar con una solución.

–Tendrán que bastar.

Vives es un genio.

Le expliqué la situación con pelos y señales. Le hablé de cómo doña Lucrecia era la dueña de la casa de la trapería y de todas las casas colindantes, que prefería mantener deshabitadas antes que soportar a insoportables inquilinos.

Durante el recreo de la mañana nos escapamos del colegio y acudimos a reconocer el terreno. Primero, fuimos a ver de cerca nuestro principal objetivo: la casa número cuarenta y dos. Luego, seguimos avanzando hasta detenernos frente al caserón que ocupaba el cuarenta y ocho de la misma calle.

–De modo que aquí es donde vive esa señora –me comentó Vives–. La propietaria de todo esto.

–Sí. Doña Lucrecia, se llama. Y le encantan los gatos.

–Los gatos, ¿eh? Bueno, bueno, bueno...

Por último, recorrimos la calle trasera, la de Santa Federica. Vives fruncía el entrecejo y tomaba nota mental de todos los detalles. Me hizo notar uno de ellos.

–La casa del cuarenta y seis tiene patio trasero, con jardín. Es la única.

–Sí, ya veo.

–Bien, bien, bien...

Unos minutos después, mientras regresábamos al colegio, Vives chasqueó los dedos.

–Vallejo, creo que ya lo tengo.

Diecisiete gatos y un balón

–Hola, señora. Perdone que la moleste pero... se nos ha colado mi balón de reglamento dentro del patio trasero de la casa de al lado y me han dicho que usted es la dueña. ¿Podría dejarme entrar para recuperarlo?

–Ni hablar.

Doña Lucrecia, rodeada por sus gatos, mostró su intención de cerrar la puerta. Pero Laura reaccionó de inmediato.

–¡Huy...! ¡Qué gatitos más bonitos! ¿Cuántos tiene?

–Diecisiete. ¿Te gustan los gatos?

–¿Que si me gustan? ¡Me encannntan! Y los suyos son preciosos. Mismismismis...

La mujer había alzado las cejas, mostrando su sorpresa. Y ocurrió entonces algo inesperado, casi mágico. Uno de los gatitos, uno de los más pequeños, salió de entre las piernas de su dueña y se acercó hasta Laura, dejándose acariciar por ella.

–Hola, precioso... ¿cómo te llamas?

Al ver aquello, doña Lucrecia volvió a alzar las cejas y sonrió un poquitín.

–Anda, vamos a recuperar tu balón –dijo, de inmediato–. ¿Dices que ha caído en el patio trasero de la casa de al lado?

–Sí. La del número cuarenta y seis.

–Espérame aquí. Voy a por la llave.

¡Perfecto! El plan de Vives estaba funcionando como un reloj suizo. Eso sí, gracias a Laura, la hermana de Lambán. Y ahora llegaba mi turno.

En cuanto doña Lucrecia se introdujo en el interior de su vivienda, yo abandoné el cercano buzón de correos tras el que me ocultaba y corrí hacia el portal.

–Suerte, Dalmacio –me dijo Laura cuando pasé junto a ella.

Tenía que haberle sonreído, al menos, pero estaba demasiado asustado.

Me metí en la casa procurando no hacer el menor ruido. Vi cómo la mujer se dirigía a la cocina, situada al final del pasillo, y cerraba la puerta tras ella. A los pocos segundos, volvió a abrir pero yo ya me había ocultado en un cuarto de plancha que daba al pasillo.

Unos segundos después, desde mi escondite, oí pasar a doña Lucrecia camino de la calle, donde la esperaba Laura Lambán.

–Andando, chiquilla –oí que decía, al salir.

Bien. Había llegado mi turno. Mi corazón galopaba.

Me dirigí a la cocina. Esperaba que ese fuera el lugar donde guardaba las llaves de todas sus casas, puesto que allí había entrado para coger la de la número cuarenta y seis.

Al entrar, lancé una mirada lenta y minuciosa. ¡Uf...! La de cajones y cajoncitos que había allí. Si empezaba a abrirlos todos, la señora regresaría antes de que yo pudiese encontrar la llave. Debía actuar con inteligencia.

Veamos... Doña Lucrecia había entrado en la cocina y, a continuación, había cerrado la puerta. ¿Por qué? ¿Temía que alguien la viera? No. Sin duda había cerrado la puerta porque... porque... ¡Claro! ¡Porque lo que quería estaba detrás de la puerta!

Ni más ni menos.

Tras la puerta de la cocina había un tablero con doce ganchitos. Y en cada ganchito, una llave con un llaverito de plástico. Y en cada llaverito, un número.

–Cincuenta y seis, cincuenta y cuatro, cincuenta y dos, cincuenta... la cuarenta y ocho no está porque es esta misma casa... la cuarenta y seis, tampoco, porque se la acaba de llevar... cuarenta y cuatro... ¡aquí! Cuarenta y dos.

¡Ya era mía!

Con la llave en la mano, corrí hacia la parte trasera de la casa y abrí una de las ventanas que daban a la calle de Santa Federica. Justo debajo, me esperaban Vives y Lambán. Les alargué la llave a través de la reja.

–¡Aquí está!

–¡Bravo, Vallejo!

–¡Daos prisa!

Mientras Lambán se dirigía a la tapia trasera de la casa contigua, Vives echó a correr hacia la Ferretera Aragonesa. Era preciso hacer una copia de la llave antes de que doña Lucrecia regresase.

Yo no podía hacer más. Solo esperar que todo saliese bien.

Ferretera Aragonesa

La Ferretera Aragonesa estaba a dos calles de distancia. Vives era un buen velocista, pero tenía poco fondo. A mitad de camino, ya no podía ni con el pelo.

Doña Lucrecia salió de su casa y avanzó a buen paso por la acera hasta llegar al siguiente portal, el cuarenta y seis. Introdujo la llave en la cerradura y abrió.

–Adelante, jovencita.

Cuatro escalones daban paso a un rellano de escalera de grandes dimensiones. La mujer se dirigió hacia una puerta pequeñita, situada al fondo, y la abrió con dificultad, tras propinarle dos terroríficas patadas.

–Hace mucho que no venía por aquí –explicó la mujer.

La puertecita permitía el acceso a un largo pasillo que cruzaba la casa de parte a parte y terminaba en una galería desde la que se accedía al patio trasero a través de otro corto tramo de escaleras.

–Bien. Ahí lo tienes –dijo doña Lucrecia–. Agarra tu balón y vámonos.

Con un flato terrorífico en el costado izquierdo, Vives acababa de llegar a la Ferretera Aragonesa. El larguísimo mostrador se hallaba huérfano de dependientes.

–¡Buf, buf...! ¡Eh! ¡A ver! ¡Buf! ¿Quién atiende aquí? ¡Que tengo prisa!

La cortina que tapaba el paso hacia el almacén se abrió y tras ella apareció un hombre viejísimo, que arrastró los pies hacia el joven cliente.

–¿... Deseas, muchacho?

–Quiero una copia de esta llave, por favor. ¡Y dése prisa!

El hombre se ajustó las gafas y miró la llave con profesional interés.

–Mmm... una Oyarzábal de pala simple. Hacía tiempo que no veía una de estas...

–¿Me la puede copiar? Rápido, por favor.

–Pues no.

–¿Qué? ¿No?

–Yo no sé manejar la condenada máquina de duplicar. Me dijeron que aprendiese, pero no he querido. Ni hablar. ¿Sabes cómo se copiaban antes las llaves? ¡A mano! Con paciencia, buen pulso y limas de platero. Se cogía y ris, ras, ris, ras, poquito a poco, probando y probando, hasta que funcionaban tan bien como la original.

El patio trasero del número cuarenta y seis era como un pedacito del Mato Grosso brasileño. Las malas hierbas habían adquirido el tamaño de arbustos y los malos arbustos habían alcanzado la categoría de árboles. Y todo ello, sin intervención humana alguna.

–Oiga, señora... no habrá serpientes ahí abajo, ¿verdad?

–Pues no lo sé. Yo, desde luego, no pienso comprobarlo.

Laura sí lo hizo. Bajó los seis escalones de obra y se adentró en la jungla. Afortunadamente, no encontró serpientes y, siempre simulando buscar su balón de reglamento, se fue acercando hasta el fondo del patio. Hasta la tapia que lindaba con la calle de Santa Federica.

–Emilio... ¡Emilio!

–Sí, aquí estoy –respondió su hermano desde el otro lado del muro.

–¿Cómo va eso?

–Bien. Vallejo ya ha encontrado la llave. Vives ha ido a hacer la copia pero no ha vuelto aún. Tienes que entretener un poco más a la señora.

–Lo intentaré. Avísame con un silbido cuando regrese Vives.

–¡Ignaciooo...! Pero ¿dónde se ha metido este chico? ¡Que quieren copia de una llave! ¡Ignaciooo...!

–Oiga, no puedo esperar. ¿Hay otra ferretería por aquí cerca donde hagan copias de llaves?

–¿De una Oyarzábal de pala simple? Ni soñarlo, maño. Igual no hay otro sitio en toda la ciudad. Somos los mejores, ¿sabes?

–Sí, eso me han dicho. Lástima que no sean también los más rápidos.

–Hombre, eso sería abusar de la competencia. ¡Ignaciooo...!

–¿Qué, niña? ¿Encuentras tu balón o no?

–Todavía no, señora. He encontrado otros tres, pero el mío, no. ¿Sabe usted la de balones y pelotas que hay por aquí? Hasta una de golf, he visto.

–Ya me lo imagino, ya. Casi todas las semanas llama a la puerta algún chico pidiendo que le deje pasar para recuperar su pelota, que se le ha colado dentro. Pero siempre digo que no.

–¿Y por qué a mí me ha dicho que sí?

Sonrió doña Lucrecia.

–Porque... me has caído bien. Porque eres una chica y porque he visto que los gatos te quieren. Anda, anda, coge cualquier balón, aunque no sea el tuyo, y vámonos de aquí. Este sitio me pone nerviosa.

–No, no puedo. El mío es un balón de reglamento, ¿sabe? Además, está firmado por Marcelino.

–¿Marcelino, pan y vino?

–No. Marcelino, el futbolista. El que le metió el gol a Rusia.

–Pues no sé quién es. Pero si le metió un gol a Rusia, ya tiene mérito el tal Marcelino, ya...

Por fin, apareció el famoso Ignacio e hizo la copia de llave. Cien pesetas. Toma. Gracias. Adiós. Y con ella en su poder, Vives emprendió el regreso a toda prisa. Corrió como un desesperado. Corrió como nunca. El flato del costado izquierdo le taladraba las tripas de parte a parte.

Tras la reja

Lambán silbó junto a la tapia mientras Vives, luciendo la misma cara que debió de poner el soldado de Maratón al dar su mensaje, me entregaba la llave.

–Ya... está... ¡Uf...! Devuelve... la original... a su... sitio.

Así lo hice, de inmediato.

Ya solo tenía que salir de la casa.

Pero al intentar abrir la puerta, me esperaba una sorpresa.

–¡Cerrada! –gemí, sintiendo que se me anudaban los intestinos.

Crucé de nuevo el piso hasta llegar a la ventana trasera.

—¡Vives! ¡Vives! ¡No puedo salir! Doña Lucrecia ha debido de cerrar la puerta con una vuelta de llave.

Mi amigo apretó los dientes mientras comprobaba, innecesariamente, que las rejas de hierro que cerraban las ventanas eran impracticables. Pero no tardó ni cinco segundos en dar con una solución.

—Sube al segundo piso, ¡deprisa! Los balcones de arriba no tienen rejas.

Con el corazón en la garganta corrí de nuevo hacia la parte delantera de la casa, hasta el arranque de la escalera. Lo conseguí por escasísimos segundos. Cuando subía los primeros escalones, oí ya a mis espaldas el crepitar de la cerradura anunciando el regreso de doña Lucrecia.

Al llegar al piso superior me detuve, jadeante, y agucé el oído.

Bien... la dueña de la casa, naturalmente, se dirigía a la cocina, para colgar en su lugar la llave del cuarenta y seis. ¡Ahí estaba mi oportunidad!

En el segundo piso, la habitación del fondo era el dormitorio de doña Lucrecia. Y resultaba impresionante. Las paredes, enteladas con terciopelo granate y dorado. Ante el balcón, pesadísimos cortinajes del mismo color. Una cama enorme, altísima, con dosel. Un armario de tres cuerpos, de madera oscura, casi negra. Un espejo ovalado, de cuerpo entero, montado sobre un pie de bronce sobre el que podía girar libremente. Un tocador abarrotado de productos de belleza y de peines y de rulos y de cepillos para el pelo y de tenacillas para rizar. A los lados, dos pelucas —rubia la una, pelirroja la otra— cuidadosamente colocadas sobre cabezas de cristal.

Corrí las cortinas, abrí las puertas del balcón y me asomé a la calle de Santa Federica. Abajo seguían Vives y Lambán. Pero muy abaaajo. Demasiado.

—Vamos, tírate —dijo Vives, más con los labios que con la voz, acompañándose de amplios gestos.

—¿Que me tire? ¿Estás loco? Si me tiro desde aquí, me destrizo.

—¿El qué?

—Que me hago trizas.

—No, hombre, no. Pasa la barandilla, descuélgate y nosotros te esperamos aquí abajo para amortiguar la caída.

—Ni hablar...

Oí entonces un ruido en la habitación. Al volverme, dos de los gatos de doña Lucrecia me miraban con sus caritas de demonios desde tres pasos de distancia. Me dieron muy mala impresión.

—¡Que voy! —grité.

Pasé la barandilla y me dejé deslizar hasta quedar colgado de las manos.

—¡Venga, suéltate ya!

Yo seguía viendo lejísimos el suelo; pero ya no había vuelta atrás. Así que respiré hondo y me solté.

Ella, la de la verde mirada

Cuando recobré el conocimiento, el rostro de Laura Lambán se encontraba a cuatro dedos de mi nariz. Me acariciaba la frente con una mano y, con la otra, me mojaba las sienes con un pañuelo húmedo.

–Dalmacio... ¿estás bien?

–Estoy... de maravilla –susurré, mirándola a los ojos. Verdes, por cierto. Verdes como el trigo verde.

Mis amigos me habían llevado a la sombra de una acacia cercana después del porrazo múltiple que nos había supuesto mi caída desde el balcón de la casa de doña Lucrecia.

–Lo has conseguido, Dalmacio –me dijo Laura.

–No lo habríamos hecho sin ti –le contesté, intentando sonreír.

Vives empezó a protestar, diciendo que él había hecho la parte más difícil y que de puro milagro no había sufrido una embolia pulmonar volviendo de la ferretería. Pero yo apenas le hice caso, perdido como estaba en la verde mirada de Laura.

La felicidad va en motocarro

Esa noche, a las diez en punto, don Blas apareció en la calle de San Miguel conduciendo un motocarro Cremsa Toro, de color naranja con rayas blancas y en cuyos costados relucía el anagrama de la academia de chóferes Claxon.

Nada más verlo, Vives hizo rechinar los dientes.

–Ahora entiendo por qué Boira estaba tan contento estos últimos días.

–¿Boira?

–Su padre es el dueño de la autoescuela Claxon. Seguro que, a cambio de prestarle el motocarro, don Blas le ha prometido aprobar a su hijo *por la cara.*

–Bueno... también nosotros vamos a conseguir lo mismo.

–¡No irás a comparar! Boira no ha hecho nada por sí mismo. Lo nuestro, en cambio, está merecidísimo.

En eso tenía razón. No era justo. Boira no había dado un palo al agua. En cambio nosotros... Solo la visita a la morgue ya valía el sobresaliente.

–¡A ver! ¿Dónde está el papel?

Casi nos caemos de culo al ver a don Blas bajar del motocarro vestido con un mono azul de trabajo que, a todas luces, se había comprado ex profeso para la ocasión. Incluso llevaba todavía la etiqueta colgando del bolsillo trasero.

–Es aquí, don Blas. En el sótano –dije, aguantando la risa.

–¿Una trapería? –dijo, al descubrir el rótulo–. ¿Alguno de vuestros padres es trapero?

–No, no, don Blas. Es un... un pariente lejano –mentí–. Y ha muerto. Quiero decir que... murió hace algún tiempo.

El duplicado de la llave funcionó a la perfección y entramos en la casa sin problemas. El portal era pequeño y terminaba en seis peldaños que nos desembarcaron en el rellano del entresuelo, con una puerta en cada extremo. En la de la derecha podía verse una placa de latón y cristal, ya muy deteriorada, con la leyenda

CÍRCULO MATEMÁTICO
LOS AMIGOS DE EUCLIDES
Horario: de 19,333 h a $\sqrt{-81}$ h
Lunes, cerrado

Sin embargo, no se veía acceso alguno hacia el sótano.

–¿Por dónde se va? –preguntó don Blas, al ver que nos deteníamos.

–Es que... hace tanto tiempo que no vengo por aquí que... no me acuerdo.

–Tiene que ser por ahí –dijo Vives, señalando la puerta–. Atravesando el piso.

–Ah, sí. Me parece que sí...

Por suerte, la puerta estaba abierta y tras las apolilladas cortinas de una alcoba anexa a un amplio despacho, descubrimos un arquito de ladrillo que daba paso a un tramo de escaleras descendente que comunicaba con el sótano.

–Esto es una... maravilla –musitó don Blas, al verlo.

Durante la siguiente media hora sacamos fajos y más fajos de papel, hasta cargar el motocarro por completo.

–¿Será suficiente? –preguntó Vives.

–¡Claro que será suficiente! –exclamó don Blas, frotándose las manos–. Seguro que los dominicos no cuentan con algo así a última hora. ¡Jia, jia, jiaaa...! Les vamos a dar en todos los morros. ¡Qué triunfo! ¡Qué triunfo tan grande! ¡Jia! Me voy a descargar al colegio Joaquín Costa, que es donde el *Arriba España* ha instalado el cuartel general de la Operación Papel. ¡Ardo en deseos de ver la cara del hermano Protasio cuando me vea aparecer con todo esto! ¡Joróbate, Protasio! ¡Jiaaa!

–Me voy con usted, si no le importa –dijo Vives, subiendo a la cabina del motocarro sin esperar la respuesta de don Blas.

La vida: instrucciones de uso

Lambán y yo vimos alejarse al Cremsa Toro –cargado hasta el techo, con las ballestas de la suspensión haciendo tope, y a no más de diez kilómetros por hora– con sensaciones contrapuestas.

–Lo hemos logrado, Vallejo –me dijo él, entusiasmado–. ¿Te das cuenta? A primera vista, parecía una locura y, sin embargo, lo hemos conseguido.

–Sí. Ya...

–Oye... ¿Te ocurre algo? No te veo muy contento.

–No, sí, bueno, es que... no estoy muy seguro de que esto que estamos haciendo esté bien.

–Hombre... quizá no sea correctísimo, pero... no hacemos daño a nadie. Eso es importante.

–Ya, ya lo sé. Pero no puedo dejar de pensar en Ferreiro. ¿Sabes cuánto tiempo habrá dedicado a reunir todo este papel? Meses y meses, años quizá, de empujar su carrito por toda la ciudad, luchando contra el viento y la lluvia, sin importar que hiciese un frío polar o un calor de campamento beduino. Seguramente lo almacenaba aquí esperando que alcanzase un buen precio. Y, de pronto, llega un trolebús por la espalda y... se acabó.

–Sí. Hay que tener cuidado con los trolebuses. Son muy traicioneros. Como casi no meten ruido...

–Y ahora, nosotros, nos aprovechamos de toda una vida de esfuerzos para algo tan miserable como sacarle a don Blas un sobresaliente inmerecido.

–A mí no me parece tan miserable, la verdad. Va a ser el primer sobresaliente de mi vida.

–¡Toma, y el mío! Precisamente por eso no acaba de gustarme. Mi primer sobresaliente y... es de pega. Es mentira. ¿Me entiendes?

Lambán movió lentamente la cabeza.

–No, Vallejo, no te entiendo. Un nueve siempre es un nueve. Aquí y en Lima, que dice mi padre. Quizá no lo hayas obtenido en un examen, pero te lo has ganado. De eso no hay duda. Así es la vida.

–Pues... caramba con la vida.

Durante los siguientes minutos apenas cruzamos palabra. Nos limitamos a dejar que la noche nos empapase en silencio la piel y se nos fuera metiendo hasta los huesos.

Por fin, un buen rato después, la luz del único faro del Cremsa Toro apareció por el fondo de la calle. El irritante sonido de su motorcito de dos tiempos fue creciendo conforme se acercaba. Y, al llegar junto a nosotros, se detuvo de golpe. Vives y don Blas se apearon al tiempo, uno por cada puerta del vehículo. Solo con verles la cara, Lambán y yo supimos que algo iba mal.

Por un puñado de kilos

–¡Maldición! ¡Nos faltan treinta kilos! –gritó un don Blas apocalíptico, corriendo hacia el portal de la casa–. Los condenados dominicos han hecho una última entrega hace media hora. ¡El hermano Protasio me gana por treinta malditos kilos de nada!

–Tranquilo, hombre –le decía Vives–. Ahí abajo queda por lo menos media tonelada de papel.

–¡Pero hay que darse prisa! Solo faltan veinte minutos para el cierre de la Operación Papel.

–¡Cien kilos, hermano! ¡Cargamos cien kilos de papel en el motocarro y nos vamos zumbando!

Bajamos los cuatro de nuevo al sótano, apresuradamente.

–¡Vamos, vamos! –gritaba don Blas–. ¡Dos paquetes cada uno! ¡Con eso bastará! ¡Deprisa, que el tiempo se acaba!

Emprendíamos ya el regreso a la calle cuando, en lo alto de la escalera, oímos una inconfundible voz de mando.

–¡A ver! ¿Qué porras está ocurriendo aquí?

–¡Oh, no...! –gemí, dejando caer al suelo mis fardos de papel.

El guardia Porras entró en la trapería con la porra desenvainada.

–¡Ajajá! ¡Ladrones de papel usado! ¡Dense presos en nombre de la autoridad!

–Pero... ¿cómo se atreve? –bramó don Blas–. ¡Llamarme ladrón a mí! ¡A un hombre de Dios! ¡Deje de calumniar y abra paso! ¡Hereje! ¡Apóstata!

–¡Que nadie se mueva o le doy con la porra! –bramó Porras–. Acabamos de recibir en comisaría una llamada telefónica denunciando el expolio de una trapería por un grupo de delincuentes encabezados por un tipo muy alto.

–¡Tonterías! –replicó don Blas–. El propietario de este establecimiento está muerto, era pariente de este muchacho y tenemos perfecto derecho a llevarnos este papel que, además, está destinado a una obra de caridad. ¿No es así, Dalmacio?

Todos se volvieron a mirarme. Tragué saliva.

–Sí –dije, muy bajito.

–¿Lo ve? –exclamó don Blas, con la seguridad que otorga la ignoracia–. Ahora, hágase a un lado, que tenemos prisa.

Estuvimos a punto de lograrlo. El guardia Porras ya retrocedía ante don Blas. Pero, en ese instante, ocurrió algo insólito, inesperado, inexplicable e impredecible.

Una sucesión de fenómenos inexplicables

Durante unos segundos, la temperatura del aire descendió de tal modo que nuestro aliento se convirtió en vapor, al tiempo que crujía siniestramente la estructura del edificio, temblaban los muros y, en medio de destellos luminosos en todo semejantes a los de una pista de autos de choque, y mientras nos envolvía un sonido agudo e irritante, se nos erizó a todos el cabello como si una corriente eléctrica nos atravesase el cuerpo de parte a parte.

–¡Hey! ¿No habéis notado algo raro? –preguntó Lambán.

De inmediato oímos un ruido lejano, una especie de largo quejido y, al volver la vista, vimos acercarse, caminando torpemente desde el fondo de la siniestra estancia, a un hombre alto y flaco, completamente desnudo, con el pecho y la cabeza surcados por grandes cicatrices mal curadas y los brazos cubiertos de tatuajes de legionario.

–Mi papeeel... ladroneees... –gruñó el aparecido con voz cavernosa mientras avanzaba hacia nosotros.

Se dirigió directamente hacia Porras, que se había quedado tan petrificado como nosotros, y le pasó el brazo por los hombros.

–Deténgalos, señor guardiaaa... se llevan mi papeeel...

El alarido de Porras fue la señal para la desbandada general. Como un solo hombre, todos soltamos nuestros fardos de periódicos y corrimos como desesperados escaleras arriba, entre gritos y tropezones, empujándonos los unos a los otros.

Justo antes de abandonar el sótano volví la vista atrás un instante. Allí abajo seguía el hombre desnudo. Tenía el pelo largo, lacio y grasiento. Me miraba. Me señalaba con el dedo. Ladeó la cabeza mientras pronunciaba unas palabras. Por el movimiento de sus labios habría jurado que decía: «Mal asunto, chaval. Mal asunto.»

Como María Antonieta

Salimos en tropel de la casa y nos zambullimos los cinco en el motocarro, que a punto estuvo de volcar. Vives y don

Blas ocuparon la cabina mientras Porras, Lambán y yo nos tirábamos en plancha sobre la caja.

–¡Arranque, don Blas!

–¡Acelere a fondo!

–¡Deprisa, hombre! ¡Porras ya!

Rugió desesperado el pequeño motor de dos tiempos.

Durante más de diez minutos, don Blas condujo el Cremsa Toro como un auténtico demente por las calles de la ciudad.

Parecía no llevar rumbo fijo sino verse animado tan solo por la idea de alejarse lo antes posible de la trapería de Ferreiro. Sin embargo, cuando nos vimos circulando por la carretera paralela al Canal Imperial, nos dimos cuenta de que su instinto de supervivencia le conducía hacia el colegio.

Con la cercanía al Miguel Servet, don Blas pareció recobrar, al menos en parte, la serenidad perdida. Primero, redujo la marcha y, al poco, detuvo el vehículo. Lo hizo precisamente junto al Castaño de Lambán.

Don Blas apagó el motor y, tras unos segundos de silencio espesísimo, se volvió hacia nosotros.

–Venga, todos abajo –nos ordenó.

Nadie rechistó.

Mientras nos apeábamos, oímos a lo lejos, de manera muy débil, las doce campanadas de la medianoche procedentes, sin duda, del reloj de la catedral. Eso significaba que la Operación Papel había concluido.

—Hemos perdido –dijo entonces don Blas, sin separar las mandíbulas, con la mirada perdida en el salpicadero del motocarro–. Los dominicos nos han vencido. El hermano Protasio me ha ganado por la mano. He hecho el ridículo más espantoso. He pasado tanto miedo que mañana estaré completamente canoso; como María Antonieta. Y, encima, he quedado como un ladrón.

—Por eso no se preocupe, hombre –dijo Porras, en tono conciliador–, que yo no diré nada...

—¡Y todo por su culpa, Dalmaciooo! –bramó, colérico, el profesor.

—¿Qué...?

—¡Pero esto no va a quedar así, se lo garantizo! –siguió gritando, mientras me señalaba con el dedo–. Mañana por la mañana he de pasar las notas finales a las actas definitivas y, por supuesto, tendré muy presente este bochorno del que usted ha sido el único responsable. Le garantizo que va a batir el récord histórico de suspensos de este distrito escolar. ¡Como me llamo Blas!

—Pero...

—¡De mí no se ríe ni mi padre, Vallejo! ¡Ni mi padre, que en paz descanse!

Y tras aquella aseveración, don Blas pisó el pedal del arranque, dio gas a fondo y salió zumbando en el motocarro como alma que lleva el diablo.

Vives, Lambán, Porras y yo quedamos allí, a la orilla del canal, mirándonos como tontos durante unos instantes.

—¿Y ahora qué porras hacemos? –preguntó Porras.

—No sé... ¿nos vamos a casa? –propuso Vives.

73

Todos asentimos y emprendimos una silenciosa y cansina marcha hacia el centro de la ciudad que, por cierto, estaba lejísimos.

Llevaríamos diez o quince minutos de caminata cuando Lambán se dirigió a mí con tono sombrío.

—Oye, Vallejo... hay una cosa que no acabo de entender.

—¿Solo una?

—Lo del trapero.

—¿El qué?

—Ayer estaba muerto.

—¿Muerto? —preguntó Porras con voz temblorosa—. ¿Cómo que estaba muerto?

—Totalmente muerto —confirmó Vives—. Nosotros lo vimos en la morgue. Hasta le habían hecho la autopsia.

—Pues hace un rato no estaba muerto —afirmó el guardia.

—Eso es lo que no entiendo —dijo Lambán.

Yo tragué saliva antes de aportar una explicación imposible.

—Es que... el tipo que hemos visto hace un rato... no era el trapero Ferreiro. Se le parecía, sí; tenía sus mismos tatuajes y cicatrices. Pero no era él.

—¿Cómo que no? —preguntó Vives.

—Ferreiro no era tan alto y, sobre todo, tenía los brazos mucho más fuertes y nervudos.

—Entonces... ¿quién porras era ese individuo?

Vives, Porras y Lambán clavaron en mí una mirada interrogante ante la que solo pude encogerme de hombros.

74

—No lo sé.

–¿No lo habías visto antes? –preguntó Vives.

–No –mentí, una vez más.

Pues claro que lo había visto antes. Era el mismo sujeto que me miraba desde la puerta de mi cuarto cuando me desperté anoche en medio de aquella pesadilla. Y me había dicho lo mismo que entonces.

Mal asunto.

Cero de media

Al desplomarme hora y media después, por fin, sobre mi cama, me di cuenta de dos cosas: que estaba hecho fosfatina y que mi suerte estaba echada. Iba a sacar las peores notas finales de mi vida. Iba a sacar las peores notas de todo el colegio. Las peores notas de la historia del colegio. Las peores, posiblemente, de la historia de la ciudad.

Iba a sacar un cero de media.

Ese cero me impediría ser aparejador o cualquier otra cosa de provecho en mi vida.

Y no me sentía capaz de afrontar las consecuencias.

Fue entonces cuando decidí tomar la más drástica de las decisiones que puede tomar persona humana alguna. Con ella esperaba, al menos, que los remordimientos acabasen por hacer enloquecer a don Blas y le llevasen a terminar sus días internado en un frenopático. Lo cual libraría de su presencia a las próximas promociones de estudiantes, que me recordarían con noble agradecimiento y llevarían flores a mi tumba cada veintitrés de junio.

Último intento

Y aquí estoy. Mirando otra vez las turbulencias que produce en la superficie del agua la proximidad del pozo San Lázaro.

Lo malo es que no cesa el trasiego de ciudadanos. No veo el modo de arrojarme a las procelosas aguas del río más caudaloso de la península con la adecuada tranquilidad. Vaya lata.

Por otro lado... llevo ya un rato pensando que lo del principio de Arquímedes no es ninguna tontería. Vamos, que eso de hundirse en un líquido venciendo una fuerza equivalente al peso del volumen desalojado... caray, quizá no sea tan fácil como parece. En el fondo, soy un novato en esto. ¿Y si voy, me tiro, y resulta que floto? ¿Eh? ¡Menudo ridículo! Si es que tendría que haber hecho antes una prueba pero, claro, con las prisas...

¿Cómo podría asegurarme un hundimiento rápido y total, sin meteduras de pata? Naturalmente, aumentando mi densidad corporal.

Ya está: Me sujeto a los tobillos unas pesas de gimnasio. Eso es. El problema será entonces llegar hasta aquí con las pesas atadas a los pies. Y saltar la barandilla del puente con cinco kilos en cada pierna, ni te cuento.

No, no, no. Tendría que ser algo más discreto e igualmente efectivo... ¡Ya lo tengo! Me acerco a casa y me meto en los bolsillos mi colección completa de canicas. De siete kilos, no baja.

Decidido, entonces.

Lo malo va a ser que, entre ir a casa y reunir las canicas, se me van a hacer las dos de la tarde. A ver qué excusa le pongo a mi madre para marcharme justo a la hora de comer. Creo... que lo mejor será quedarme a comer, para disimular, y lo de tirarme al río, hacerlo por la tarde. Claro, que tendré que esperar un par de horas antes de echarme al agua, no vaya a ser que se me corte la digestión.

Vamos, entonces.

A ver si hay macarrones, que me encantan.

4. Epílogo inesperado

Cuando llego a casa, mis padres acaban de sentarse a la mesa.

–Hola, Dalmacio.

–Hola, papá.

–Te estábamos esperando.

–Pues ya estoy aquí.

No hay macarrones, pero los garbanzos de mi madre también están para chuparse los dedos. A la cuarta cucharada, mi padre carraspea. Eso no es ninguna novedad. Mi padre carraspea mucho. En realidad, carraspea más que habla. Y sus carraspeos son como una especie de lenguaje en clave. Realmente, con un poco de práctica, creo que no necesitaría hablar en absoluto. Se podría hacer entender solo mediante carraspeos. Ahora ha carraspeado alegremente, como lo hace antes de contar un chiste. Sin embargo, no se trata de ningún chiste.

–¡Ejemejem...! Oye, Dalmacio...

–¿Sí?

–Verás... este verano tu madre y yo queremos ir lo antes posible a la casita de la playa...

–¿Ah, sí?

–Sí. Es que tus tías piensan ir en agosto y creemos que es mejor no coincidir con ellas... ¡Ejeeem! Bueno, el caso es que esta mañana he telefoneado al colegio, a ver cuándo nos iban a dar tus notas... y me han dicho que ya estaban.

Escalofrío al canto.

–Ah... ¿sí?

–Sí. Y, al volver del trabajo, ¡ejem...! he pasado a recogerlas.

–¡Qué callado te lo tenías, Matías! –exclama mi madre, de inmediato–. ¿Y qué tal son?

Mi padre me mira.

–¡Ejemjemjem...! La verdad es que aún no puedo creerlo –afirma, rotundo.

–Tranquilo, Matías –intercede mi madre, temiéndose lo peor–. Contrólate. Y cuida donde le atizas al chico, que le puede entrar un complejo. Lo decían en la radio el otro día.

La tragedia está a punto de consumarse. Los garbanzos se han vuelto amargos como la hiel. Mi padre se dispone a rematar la faena.

–¿Atizarle? –dice entonces, con una sonrisa de oreja a oreja–. Pero si ha sacado unas notas... ¡magníficas!

–¿Eh?

–Tres notables... ¡y seis sobresalientes! –exclama mi padre, alborozado, alzando los brazos.

–¿C... cómo? –tartajeo.

Es extraño. Mi padre no suele gastar bromas tan elaboradas. Es muy, muy extraño.

–¿No ha suspendido nada? –pregunta mi madre.

–¡Nada! ¡Nada de nadaaa! –canturrea mi jubiloso progenitor –. ¡Que lo oiga el vecindario entero! ¡Menudas notas, Dalmacio! La peor es un aprobado justito en gimnasia. ¡No te digo más!

–¡Hiiijo míooo...! –estalla, al fin, mi madre, poniéndose en pie–. ¡Qué alegríaaa! ¡Por fin, un verano en el que no tendré que estar encima de ti para que estudies!

Se viene hacia mí, me estruja como a un limón y me empieza a besuquear. Mi padre también se ha levantado y me palmea la espalda como si acabase de ganar el campeonato del mundo de persecución tras moto.

–Enhorabuena, Dalmacio.

–Gra... cias. ¿Puedo... verlas?

–¡Ejem...! ¿A quiénes?

–Las notas.

–¡Ah! Claro. Toma, toma, campeón. ¡Eminencia!

Y las veo. Así, a primera vista, parecen las mías, desde luego. Pero no puede ser. Desde luego, mi nombre es el que figura en la primera página pero, aparte de eso, no entiendo nada. Diez, nueve y medio, ocho, diez, nueve... solo un cinco y medio en gimnasia, que apenas empaña una media escalofriante. Impresionante. Espeluznante. Incluso hay un par de palabras de puño y letra de don Blas: «Felices vacaciones.» No pone: «Nos veremos en septiembre, inútil.» Pone: «Felices vacaciones.»

¿Cómo es posible?

Ya sé: han descalificado a los dominicos en la Operación Papel y, finalmente, hemos ganado. No se me ocurre otra explicación. O eso, o don Blas ha enloquecido definitivamente la pasada madrugada.

–Mañana nos vamos a la playa, Dalmacio. Esta tarde tenemos que ir a comprarte un bañador.

–Ah. Bien, mamá. Ahora me... voy a mi cuarto, ¿eh?

–¡Monstruo! ¡Ingeniero! –me piropea mi padre–. ¡Je, je! Esta tarde, en la oficina, se lo pienso contar al jefe, para que rabie. Seguro que al cabestro de su hijo le han quedado media docena para septiembre.

Entro en mi cuarto flotando a un palmo del suelo. Cada minuto que pasa me siento más y más confuso. ¿Qué extraña estratagema me está tejiendo el destino? ¿Acaso me compensa con esto por los mil sinsabores padecidos desde la irrupción en mi vida de don Blas? Bien podría ser, si es que existe la justicia divina.

En cualquier caso, nada hago con atormentarme. Lo que debo hacer es disfrutar de esta maravillosa e inexplicable circunstancia. Un hermoso verano por delante. Sin obligaciones. Sin el horizonte de un septiembre plagado de exámenes.

Todo ha cambiado en un minuto.

El suicidio ya no es necesario.

Puedo olvidarme del colegio.

Puedo olvidarme de la Operación Papel, del trapero Ferreiro, de la morgue, de doña Lucrecia, del hombre del pelo lacio y hasta de Porras, el guardia de la porra.

Y, lo mejor: puedo olvidarme de don Blas, a quien espero no volver a ver en toda mi vida.

Nunca más.

FIN

Nota:

Lo del FIN no es ninguna broma. Es que en aquel momento yo, realmente, pensaba que mi relato debía terminar aquí. Estaba convencido de que todo cuanto de insólito podía acontecerme en la vida me había ocurrido en esos últimos días de curso y que ya nunca me tocaría vivir nada digno de ser contado en un libro. ¿Cómo podía imaginar que aquellos hechos asombrosos no eran sino el prólogo de la historia que debía completarse en las semanas siguientes, las primeras de aquel verano inolvidable?

Ahora, al cabo de tres meses, me veo en la obligación de narrar lo que sucedió después.

Así pues, te pido paciencia, lector, y que sigas adelante.

Libro segundo

«Puesto que vivimos en pleno misterio, luchando
contra fuerzas desconocidas, tratemos,
en lo posible, de esclarecerlo.»

Santiago Ramón y Cajal (1852–1934)

Llegada a Cala-rocha

El abuelo Jaime, al que todo el mundo en Cala-rocha llamaba señor Vallejo, era pescador. De los buenos. Sabía dónde estaban los bancos de *llobarros* con solo mirar el color del cielo.

Cuando murió, les dejó en herencia a sus cuatro hijas una barca de pesca más vieja que Noé y la casita en la que vivió casi toda su vida, en lo que ahora las inmobiliarias llaman «primera línea de playa».

Como mi madre era la preferida de mi abuelo, a ella le dejó la mejor parte de la casa, la planta baja, y eso a mis tías les sentó como una patada en el culo, así que, desde entonces, todo son líos. Líos cada vez más gordos.

El último verano fue una batalla campal.

Tía Sara, que es la mayor de las hermanas y la que tiene más mala uva, se empeñó –«para evitar malos entendidos», según dijo– en hacer turnos para todo. Para usar el baño, el cuarto de la plancha, la olla exprés, la lavadora y hasta para tomar la fresca en el porche. En ese reparto, curiosamente, a mis papis y a mí siempre nos tocaba lo peor: planchar a las cuatro de la madrugada, usar la olla exprés a las doce de la noche o tomar la fresca a las tres y cuarto de la tarde, con treinta y seis grados a la sombra.

Naturalmente, al cabo de una semana, mi padre estaba que se subía por las paredes.

La puntilla llegó cuando tía Sara, siempre con el silencioso apoyo de tía Lola y tía Pepa, insistió en repartir las cuerdas del tendedor y los estantes del frigorífico. Por supuesto, en la nevera nos correspondió el cestillo de la verdura, donde las cervezas de mi padre no se enfriaban ni a tiros y, en el tendedor, la última cuerda que, por quedar fuera del tejadillo de uralita, se halla expuesta a las cagadas de las gaviotas.

Total, acabamos tendiendo en la barra de la ducha y comprando una nevera chiquitita para nosotros solos, a cuya puerta aplicó mi padre un candado así de gordo «para evitar malos entendidos», al tiempo que se conjuraba con mamá para no volver a coincidir con mis tías ningún otro verano.

Y así, en cuanto ellas manifestaron su intención de acudir este año a Cala-rocha en agosto, mi padre se apresuró a pedir en la oficina que le dejasen tomar las vacaciones en julio.

Era un buen plan.

Lástima que se fastidiase tan pronto.

Pero no adelantemos acontecimientos.

Fenómeno hincando codos

Aprovechando que San Juan caía en sábado, y como premio a mis magníficas notas, mi padre decidió llevarnos a Cala-rocha el mismo día 24, aunque él tuviese que volver a la oficina hasta final de mes.

El viaje fue tranquilo. Nuestro Simca mil se comportó de cine. En el camino hasta Cala-rocha solo pinchamos una vez, además de romper la correa del ventilador y reventar un manguito del radiador. O sea, prácticamente nada.

–¡Así, sí! ¡Todo para nosotros! –exclamó mi padre, alzando los brazos, al cruzar el umbral de Villa Valleja, la casa del abuelo.

Si hay un ritual veraniego que me entusiasma es la apertura de la casa de la playa; ir abriendo balcones y ventanas, dejando que la luz vaya expulsando las tinieblas invernales que se habían adueñado de pasillos y habitaciones. Es como devolverle la vida a un muerto.

Así lo fuimos haciendo mamá y yo aquella tarde de san Juan, entre risas. Como cada año, fueron momentos mágicos.

Empezamos por la primera planta. Seguimos por la segunda y, por fin, salimos los dos a la terraza.

¡Menuda terraza tiene nuestra casa! Hacia el frente, sobre todo, la vista es inmejorable, con el Mediterráneo ocupando nuestro campo visual, hasta el infinito.

En cambio, desde hace algunos años, nuestro horizonte se ve interrumpido a ambos lados por dos inmensos medianiles de ladrillo rojo que emparedan nuestra casa como un bocadillo. A la izquierda, el de los apartamentos Piscis. Nueve pisos. A la derecha, el de los apartamentos Capricornio. Otros nueve pisos.

Así que nos hemos acostumbrado a mirar siempre de frente cuando salimos a la terraza.

Naturalmente, hay un avispado contratista de obras que sueña con levantar los apartamentos Acuario en el solar que ocupa nuestra casa. Pero lo lleva claro. Si no nos ha echado de allí la tía Sara, yo creo que no nos mueve ni la Legión.

Aquella tarde, mi madre y yo nos agarramos del brazo y, apoyados en la balaustrada de la terraza, nos pusimos a mirar el horizonte. Recuerdo que el cielo estaba tan azul como el mar.

–Hola –dijo entonces una voz–. Señora Sánchez. ¡Hola!

Nos volvimos hacia la izquierda. Unos metros por encima de nuestras cabezas, desde uno de los balcones del cuarto piso de los apartamentos Piscis, nos acababa de saludar nada menos que doña Elvira, la madre de Sánchez Velilla.

«Maldita sea», pensé de inmediato. «¿Qué demonios hace aquí el empollón de Velilla?

–¡Ah! Hola, doña Elvira –contestó mi madre–. ¡Qué casualidad! ¿Cómo usted por aquí?

–Pues ya ve: he dejado a mi marido de rodríguez y me he venido aquí con Gustavito.

–Hace usted bien. Mi marido también tiene que volver al trabajo toda la semana que viene, pero, ya que los chicos han trabajado de firme durante el curso, está bien que puedan aprovechar el verano al máximo. ¿No cree?

La madre de Velilla frunció el ceño de inmediato.

–¿Me está diciendo que... que su Dalmacio ha sacado bien el curso?

–Pues sí –contestó mi madre, con una sonrisa cinematográfica–. ¡Estupendamente bien! Por fin, parece que se ha puesto a estudiar en serio. La verdad es que ha sacado unas notas de bandera. Por Gustavito no le pregunto porque ya sabemos todos que es un fenómeno.

Doña Elvira enrojeció súbitamente.

–¿Un fenómeno? ¡Calle, calle! ¡Menudo disgusto nos ha dado el fenómeno a su padre y a mí!

–¿Cómo? No me irá a decir que le ha quedado alguna asignatura para septiembre.

–¿Alguna? ¡Todas, amiga mía! ¡Lo ha suspendido todo, el muy babieca! Solo ha aprobado la gimnasia que, mira por donde, era lo que él llevaba siempre más flojito.

–¿En serio?

–¡Ay, señor, el verano que nos espera! ¡Y menudo gasto! Porque vamos a necesitar, como mínimo, cuatro profesores particulares. ¡Cuatro, por lo menos!

Yo lo oía y no podía creerlo. ¡Sánchez Velilla había suspendido! Y no una ni dos ni tres. ¡Había cateado todas! ¡Eso era noticia de primera plana! Igual, hasta lo sacaban en los ecos de sociedad del *Arriba España*.

Aún incrédulo, deslicé la mirada hacia las ventanas del cuarto piso de los apartamentos Piscis. ¡Y era cierto! Allí estaba Velilla, encerrado en su cuarto, clavando codos como un desesperado. Entonces, durante un instante, también él me miró, sudoroso, angustiado, antes de llevarse las manos a la cabeza y volver a zambullirse en el libro de matemáticas.

–Lo siento mucho –estaba terminando de decir mi madre.

–¡Qué le vamos a hacer! Como ya habíamos alquilado el apartamento, nos hemos venido aquí los dos. Pero me temo que este verano vamos a pisar muy poco la playa. ¡Muy poquito!

No dijimos nada más. Mi madre y yo nos miramos, perplejos, y luego abandonamos la terraza envueltos en un sobrecogido silencio. Cuando llegamos a la primera planta, una terrorífica convicción se había apoderado de mí.

–¡Mamá! Me voy a dar una vuelta.

–¿Adónde?

–Voy a buscar a Vives. Estará en la tienda de su abuelo, como siempre.

–Bien. No tardes, que aquí hay mucho que hacer.

Ciclos Vives

Una de las cosas buenas de Cala-rocha es que también ha sido, desde siempre, el lugar de veraneo de Vives. Y tener a Vives cerca es una garantía de diversión.

Su abuelo, don Fausto, había cambiado el rótulo de su establecimiento por otro más moderno, luminoso. Sin embargo, el texto seguía siendo exactamente el mismo.

CICLOS VIVES
BICICLETAS NACIONALES Y DE IMPORTACIÓN
DISTRIBUIDOR OFICIAL DE BUJES PELISSIER
SERVICIO OFICIAL RALEIGH

Cuando llegué a Ciclos Vives, la sospecha que me había asaltado en casa había adquirido ya la categoría de certeza y la solución al misterio que envolvía mis magníficas notas aparecía meridianamente clara: Velilla había suspendido todo, excepto la gimnasia. Justo las notas que yo debía haber obtenido. Y yo, en cambio, había sacado notables y sobresalientes en todas las asignaturas, salvo en gimnasia. Las típicas notas de Velilla.

–Tienes razón, Vallejo –dictaminó Vives, muerto de risa, tras oír los datos que yo le aporté–. No hay ninguna duda: el hermano Blas se ha equivocado de línea al pasar las notas a las actas. Sin duda, ha confundido Sánchez Vallejo con Sánchez Velilla.

Sentí que el mundo se me venía encima.

–¿Qué voy a hacer ahora?

Vives me miró, parpadeando.

–¿Hacer? ¡Naturalmente, disfrutar del mejor verano de tu vida! ¡Eso es lo que vas a hacer! Anda, ayúdame a buscar un tornillo *guidonnet* en esta caja.

–Pero... Velilla está aquí, estudiando como un energúmeno mientras yo me pego la vida padre.

–¿Y qué? Velilla es un empollón. Un empollón y un raro. ¡Le gusta estudiar! En septiembre aprobará todo con sobresaliente y empezará el bachillerato con nosotros como si nada hubiese ocurrido. ¡Ajajá...! Ya lo tengo.

93

–Pero no es justo...

Vives me miró, frunciendo el ceño.

–¿Justo? ¿Y que don Blas te haya amargado la vida desde enero sin razón alguna te parece justo?

–Hombre, visto así...

–Mi consejo, Vallejo: no le des más vueltas. Disfruta de tu suerte. Este verano lo vamos a pasar en grande, ya lo verás.

–Si tú lo dices...

–No es que yo lo diga; es seguro. ¿A que no sabes quién va a pasar todo el verano aquí, en Cala-rocha? ¡Emilio!

–¿Emilio Lambán?

–El ayuntamiento ha contratado a su padre como socorrista de playa. Esta misma mañana se han instalado todos en el Hostal Dávila.

–¿Todos?

–Sí, toda la familia.

–Entonces... ¿también ha venido Laura, su hermana?

Vives me lanzó una sonrisa cómplice.

–También, también. Por cierto... ¿te has fijado en los ojazos verdes que tiene esa chavala?

–Eeeh... pues... no. ¿Verdes, dices?

La reacción de Vives me dejó algo más tranquilo. Posiblemente tuviese razón. Lo mejor era dejar las cosas como estaban, felicitarse por aquel inesperado golpe de fortuna y dejarse de estúpidos remordimientos. Como él decía, seguro que a Velilla le gustaba más estudiar que jugar en la playa o bañarse en el mar. Y no tendría problemas para aprobar en septiembre. Bien. Asunto zanjado. Lo más sensato era callarse como un cuco. Fin.

Heladería Tortosina

Pero el sosiego, ya lo dijo el poeta, es efímero.

El mío duró dieciséis minutos. Justo lo que tardé, de vuelta a casa, en pasar junto a la terraza de la Heladería Tortosina.

Resultaba imposible no fijarse en él.

Todos, transeúntes y parroquianos, se lo quedaban mirando más o menos disimuladamente.

–Fíjate, Virginia –le decía un caballero a su señora, con evidente admiración–. ¡Qué tío! Con el sol que está cayendo y ahí lo tienes, tan campante.

Naturalmente, también yo me volví, movido por la curiosidad.

Al verlo, sentí que se me helaba la sangre en las venas.

Era él.

Estaba sentado en uno de los veladores.

A pleno sol. Sin sombrilla.

Era el tipo enjuto y moreno de pelo largo, lacio y graso. De dientes desordenados y amarillentos por el tabaco.

Iba vestido con su traje oscuro, de lanilla.

Con su chaleco oscuro y su corbata oscura.

Con sus zapatos negros de punta estrecha.

Fumaba Pall Mall sin emboquillar.

Se estaba tomando un café con leche, bien caliente.

Y ni siquiera sudaba.

No me miró.

No me dirigió la palabra.

Pero yo supe de inmediato que estaba allí por mí.

Y pensé de inmediato, temblando como una hoja: «Mal asunto, Dalmacio. Mal asunto.»

Luego eché a correr, tratando de alejarme de allí cuanto antes.

La inexplicable presencia del hombre misterioso en Cala-rocha me puso tan nervioso que no recuerdo ni lo que hice la noche de San Juan. Supongo que estuve hasta las tantas de la madrugada con Vives, Laura y Lambán, tirando hogueras y saltando petardos. O al revés.

Y fue volviendo a casa, cuando ya las primeras pinceladas rosáceas del amanecer iluminaban el cielo de Cala-rocha anunciando el primer auténtico día del verano, cuando decidí contárselo a Vives.

–¿Sabes...? Está aquí.

–¿Quién?

–Él. El tipo de la trapería.

–¿Cómo? ¿El de las cicatrices?

–Ese. Pero sin cicatrices.

–¡Ostrás...! –exclamó Vives, deteniéndose– ¿Lo dices en serio?

–Estaba esta tarde sentado en la terraza de la heladería.

–Huuy... Mal asunto, Vallejo –sentenció mi amigo–. Mal asunto.

Me detuve en seco.

–Es lo que él dice siempre: mal asunto. Mal asunto. Mal asunto...

Vives me miró, el ceño fruncido y una ceja más alta que otra, como Robert Mitchum en sus películas. A las chicas se les caía la baba con esa mirada.

–Tienes que ayudarme –le dije entonces–. Estoy muerto de miedo. Estoy seguro de que viene a por mí.

–Ah. ¿Te ha amenazado?

–Eeeh... no, no lo ha hecho.

–Te ha insultado.

–Pues... no, tampoco.

–Te ha mirado mal.

–Realmente... no. Ni siquiera me ha mirado.

Vives se pasó las manos por la cara, intentando mitigar el sueño.

–En ese caso, quizá lo mejor sea esperar...

–¿Esperar? –exclamé, indignado–. ¿A qué hay que esperar? ¿A que me arranque la cabeza?

Vives suspiró profundamente.

–No te pongas histérico, Vallejo, por Dios. Ante todo, no te pongas histérico, ¿vale? No hay ningún dato que nos haga pensar que pretende hacerte daño.

–¡Pero yo sé que está aquí por mí! ¡Me está persiguiendo! Apareció por primera vez en mi propia casa, en la puerta de mi habitación. Luego, en la trapería, para impedirnos ganar la Operación Papel. Y como no consiguió que don Blas me suspendiese el curso, ahora aparece aquí, en Cala-rocha, el primer día de mis vacaciones. ¡No puede ser casualidad!

Vives lanzó un suspiro de medio minuto.

–Está bien, está bien. Podemos... no sé... intentar vigilarlo, a ver si averiguamos algo sobre él. ¿Te parece?

–Seguro que se escabulle. Tiene pinta de ser muy listo. Me juego la paga de un mes a que nos da esquinazo.

Habría perdido la apuesta.

El señor Malasunto no se escondió. Todo lo contrario. Nunca llegamos a averiguar dónde vivía, pero cada vez que decidíamos salir en su busca, inmediatamente aparecía por el fondo de la calle. No solo no rehuía nuestra vigilancia, sino que parecía complacerse en ella.

Y resultaba un continuo espectáculo. Su sola presencia, siempre ataviado con su traje gris marengo, llamaba poderosamente la atención. Pero, además, las más de las veces, su comportamiento era un imán para los transeúntes.

Los trileros

Al día siguiente, aparecieron unos trileros en Cala-rocha. Aprovechando la escasez de policías locales, que por esas fechas debían extender su servicio a la playa sin aumento de efectivos, se dirigieron al final del paseo de la rambla y colocaron allí su mesita de camping, con el consiguiente revuelo de viandantes.

Pusieron sobre la mesa tres cartas de baraja española, ligeramente dobladas a lo largo, y comenzaron a vocear su actuación.

–¡A ver quién adivina dónde se esconde la sotaaa es muy fácil caballero izquierda derecha o centro cien pesetas la jugadaaa acertando gana doscientas el caballero juega muy bien atención atención la mano es más rápida que la vistaaa ¿dónde está la sota? ¿dóndedondedonde...? acertó el caballero ahí tiene sus doscientas pesetaaas aquí seriedad ante todo jugamos otra vez a ver la sota la sota la sotaaaaa looo siento caballero ha perdido esta vez jugamos de nuevo a ver la sota la sota la sotaaa falló de nuevo el caballerooo ¿quiere apostar de nuevo? la sota la sotica la soticaaa falló de nuevooo esto es una mala racha pero las malas rachas pasan apostando de nuevo la sota dónde está la sota la sota la sota looo siento el caballero pierde otra vez una nueva apuesta por la sota la sota la sotaaa y ha perdido el caballero una vez máaas...

Cuando los trileros habían desplumado a la mitad de los jubilados que paseaban por la rambla a esas horas, apareció Malasunto, con su traje de lanilla oscura.

–¿El caballero friolero quiere apostar? –canturreó el trilero al verle–. Solo hay que encontrar la sota, la sota, la sota dóoooonde está la sota...

–Ahí –dijo Malasunto, señalando la carta central.

–¡Muy bien! ¡Acertó el caballero y gana cuarenta durooos! ¿Jugamos de nuevo? La mano es más rápida que la vistaaa. Hay que seguir a la sota sin perderla de vista, la sota, la sota, dóoonde está la...

–En el centro, otra vez.

–El caballerooo vuelve a ganar y dobla su apuestaaa. Es un hombre de suerte. ¿Jugamos de nuevo? No pierda de vista la sooota porque...

–A la derecha.

–¡De nuevo gana eeel caballero! ¡Ejem...! ¿Una nueva apuesta? ¿Dónde está la sota? La mano es más...

–Centro.

–El señor gana de nuevo. ¿Dónde está ahora la...?

–Izquierda.

–El señor está en racha. Jugamos de nuevo. ¿Dónde...?

–Centro.

Tras perder doce manos seguidas, los trileros intentaron retirarse.

–Ni hablar –dijo Malasunto–. Usted no se va de aquí. Quiero seguir jugando.

Eran tres. El que jugaba y dos, más grandes, que vigilaban los alrededores. Se miraron entre sí un instante y algo raro debieron de notar porque agacharon la cabeza y se plegaron a la exigencia de Malasunto.

Para entonces, el gentío que rodeaba la mesita de camping resultaba ya imponente.

–¿Por qué no lo dejamos correr, caballero? –preguntó el trilero, sin convicción, tras perder la mano número diecisiete.

–Quiero jugar –murmuró, impertérrito, el hombre del traje gris marengo.

El trilero tragó saliva y movió las cartas sobre la mesa.

–La sota, la sotica, la sota... –canturreó tristemente, sin ninguna convicción de triunfo.

—Derecha.

—Gana el señor. Jugamos de nuevo. ¿Dónde está la sota?

—Derecha, otra vez.

—El señor gana. ¿Dónde...?

—Izquierda.

—La sot...

—Centro.

—...

—Derecha.

......

—Ahí.

......

—Centro.

......

—Izquierda.

......

—Ahí.

......

—Allá.

......

Con cada triunfo de Malasunto se sucedían las exclamaciones de admiración por parte de los espectadores. A los treinta y tres aciertos, empezaron los aplausos. Uno de sus compañeros sustituyó al trilero, al que tildó de gafe. Pero el sustituto corrió la misma suerte.

Por fin, después de cincuenta y cuatro aciertos seguidos, Malasunto se dio por satisfecho, se embolsó las diez mil ochocientas pesetas ganadas y echó a andar rambla adelante entre risas, sonrisas y palmaditas en la espalda.

La Venta de los Caracoles

Para todos los aficionados al ciclismo que se daban cita en Cala-rocha existía un lugar emblemático: la Venta de los Caracoles, un bar-merendero enclavado en lo más alto del Alto de los Caracoles, una pequeña colina situada a siete kilómetros del pueblo, a cuya cima se llegaba por una estrecha carretera con curvas y rampas de tal calibre que en cualquier competición ciclista medianamente seria constituirían un puerto puntuable de segunda categoría.

Subir en bici al Alto de los Caracoles y merendar en la Venta era el principal rito de iniciación para cualquier aficionado al deporte del pedal que aterrizase en Cala-rocha. Realizar el circuito completo Cala-rocha – Alto de los Caracoles – Cala-rocha sin pararse a merendar en la Venta ya denotaba un grado de afición cercano a la profesionalidad. Realizar dicho circuito en menos de treinta minutos te hacía ingresar directamente en el olimpo de los ciclistas calarrochenses.

Era la sagrada hora de la siesta cuando Vives llamó con insistencia a la puerta de nuestra casa.

–¿Qué ocurre?

–¡Ven, deprisa! –dijo, tirando de mí–. ¡Está en la tienda de mi abuelo!

–¿Quién? ¿Malasunto?

–Hombre, claro. No va a ser Napoleón Bonaparte.

Corrimos como desesperados y, dos minutos después, entrábamos sigilosamente en Ciclos Vives por la puerta del almacén.

En efecto, Malasunto estaba allí, hablando con don Fausto.

–Me han dicho que en este sitio hay mucha afición al ciclismo.

–Así es –le contestó el abuelo Vives–. Si no, sería imposible mantener un comercio como este en una ciudad tan pequeña.

–...Y que, a veces, se cruzan apuestas.

–Hombre... ya sabe usted que, fuera de las quinielas, la lotería y el cupón de los ciegos, el juego está prohibido en España, pero... en fin... aquí hay una tradición y... sí. Algún dinerillo se juega.

–Pues quiero una bicicleta.

–Ha venido al lugar indicado. ¿La prefiere de carreras o de paseo?

–No sé. Me da igual. Pero que sea barata.

–¿Para qué la quiere, exactamente?

–Para hacer eso de los Caracoles.

–¡Ah! ¿Quiere hacer el Circuito de los Caracoles? Bien, bien... Para eso necesitará una máquina ligera y con buen cambio.

–Pero ¿qué máquina ni qué niño muerto? ¿No ha oído que lo que quiero es una bicicleta?

–¡Ejem...! Sí, claro. ¿Qué le parece esa azul? Es una Sunbeam, importada de Inglaterra, con dos platos y seis piñones...

–¿Y es barata?

–Tiene cuadro ligero hecho en tubo Reynolds de tope doble a base de acero, manganeso y molibdeno...

–¿Y es barata?

–... sillín de cuero Broox, llantas Birmalux y frenos de cable de tiro lateral Weinmann...

–¿Pero cuánto vale?

–¡Ejem...! Dieciocho mil doscientas pesetas.

Malasunto hizo rechinar sus dientes amarillentos.

–¡Venga, hombre! ¿Es que tengo cara de tonto? ¡Le he dicho que quiero una bicicleta barata! ¡Muy barata! ¡La más barata de la tienda!

–¿Cuánto pensaba gastarse?

–Quinientas.

–¿Perdón?

–¿Está usted sordo, abuelo? ¡Quinientas pesetas!

–Por ese precio solo puedo ofrecerle algún modelo antiguo, de tercera mano, en no muy buen estado...

–Eso me vale. Total, para zumbarles la badana a los rascatripas de este pueblo, me basta y me sobra.

Al final, don Fausto logró colocarle por ochocientas pesetas una Orbea de color rosa, de señora, sin cambio y que chirriaba como un tren de mercancías.

Con ella en la mano, Malasunto se dirigió a la Fuente de los Incrédulos, punto habitual de salida y llegada para quienes decidían hacer el Circuito de los Caracoles. Naturalmente, Vives y yo lo seguimos a distancia.

–¡A ver! ¡Atentos todos! –dijo al llegar, en voz alta–. ¿Cuál es el récord del Circuito?

–Veinticuatro minutos y diez segundos –contestó un hombre mayor, que descansaba junto a la fuente–. Lo consiguió Dalmacio Langarica hace unos quince años y nadie ha logrado batirlo. Aunque por entonces ya estaba jubilado, lo cierto es que, por Cala-rocha, no suelen venir muchos ciclistas de la categoría de Langarica.

—¡Buoh...! Eso yo lo mejoro con una sola pierna.

—Sí, eso dicen muchos y luego, nada. Oiga, ¿no pensará intentarlo con esa bici de color rosa?

—¡Pues sí! Con esta bici, precisamente. ¿Se apuesta algo, amigo?

La codicia hizo brillar los ojillos del hombre.

—Hombreee... no soy jugador, pero... mil pesetillas sí que me apostaría.

De inmediato, Malasunto sacó del bolsillo las diez mil pesetas que le quedaban de sus ganancias con los triles.

—Por mil pesetas, no doy ni una pedalada. Pero si busca otros nueve memos como usted que cubran la apuesta...

—Eso está hecho. Déme media hora.

La noticia corrió por Cala-rocha más rápido que Emil Zatopek.

Pronto, una pequeña muchedumbre comenzó a congregarse en torno a la Fuente de los Incrédulos; en torno a aquel hombre flaco, trajeado y de cabello asqueroso que aseguraba poder batir el mítico récord de Dalmacio Langarica con una vieja bicicleta de mujer.

Entre el gentío, aparecieron también los hermanos Lambán, que se unieron a Vives y a mí con cara de preocupación.

—Es él, sin duda –confirmó Emilio Lambán, tras seguir a Malasunto con la mirada durante unos instantes–. El tipo de la trapería. Solo que vestido y sin cicatrices.

—Esto no me gusta nada –comentó Laura Lambán.

Las apuestas crecían como la espuma.

Unos minutos más tarde quien apareció por allí fue don Fausto Vives, que lo hizo al volante de su Renault Dauphine Z-24641, comprado de segunda mano a un contratista de obras de Zaragoza.

—No es que no nos fiemos de usted –le dijo a Malasunto–, pero, si no le importa, le seguiremos con el coche durante todo el recorrido. Más que nada, para asegurarnos de que no se equivoca de ruta.

—¿Y con ese trasto de coche pretende seguirme? ¡Pues va usted bueno, abuelo! –fue la hosca respuesta de Malasunto.

Naturalmente, Vives, Laura y yo nos acomodamos de inmediato en el asiento trasero del vehículo, dispuestos a seguir el acontecimiento desde primera línea. Emilio, por su parte, ocupó con dificultad el puesto del copiloto.

Don Laurentino Villena, que era juez de la Federación Regional de Ciclismo y, por tanto, toda una eminencia en una localidad tan ciclística como Cala-rocha, decidió tomar en sus manos la responsabilidad de otorgar a la prueba seriedad oficial. Tras comprobar el funcionamiento de los cronómetros, se dirigió a Malasunto, que estaba fotografiándose con un grupo de señoritas.

—Todo está preparado –le dijo–. Cuando quiera, puede ir a cambiarse.

–¿A cambiarme de qué?

–Pues... de ropa, claro. No pretenderá usted correr con traje, chaleco y zapatos de punta estrecha, ¿verdad?

–¿Y por qué no? ¿Lo prohíbe el reglamento ciclista internacional?

–¡Je, je! Hombre, no, pero...

–Pues deje de darme la lata.

–¡Ejem...! Bueno. Entonces, si le parece bien, daré la salida dentro de cinco minutos.

–¡Que sí, pelma!

Malasunto dedicó aquellos cinco minutos a pasearse entre la gente diciendo bravuconadas a las que sus admiradores respondían con risas y gritos de ánimo.

–Dios mío... se está convirtiendo en una estrella –gemí, desde la banqueta trasera del Renault de don Fausto.

–Todavía no –murmuró Laura–. Pero lo será si bate el récord de Langarica.

El abuelo Fausto rio entonces por lo bajo.

–¡Qué dices! Eso es imposible. ¿Sabéis qué desarrollo lleva esa bicicleta? Un cincuenta y dos, trece. ¡Ju! Si está en buena forma es posible que vaya rápido en el llano; pero en cuanto empiece la Cuesta de los Caracoles... ¡se quedará clavado como una estaca! ¡Ya lo veréis!

–¡Un minuto para la salida! –voceó el juez Villena–. ¿Está preparado?

–Sí, hombre, sí –respondió Malasunto, en su habitual tono despectivo mientras seguía posando para todo el que se lo pedía.

–Le advierto que pondré en marcha el cronómetro en el momento indicado. Tanto si está usted listo como si no.

–Bla, blablá, blablá –se burló Malasunto, provocando una carcajada general.

–¡Treinta segundos!

– A ver... ¿alguien ha visto mi bicicleta? Es una de color de rosa, con las ruedas muy grandes.

–¡Manolito, devuélvele la bici a este señor, que ya se va!

–¡Diez...! ¡Nueve...! ¡Ocho...!

–¿Quién me da un trago de vino?

Cuatro botas y seis porrones aparecieron de inmediato.

–¡Dos...! ¡Uno...! ¡Ya!

–¡Otra foto, por favor! –gritó uno de los espectadores.

–Bueno, venga, deprisita que me marcho.

–Le recuerdo que el cronómetro ya está corriendo –le advirtió el juez Villena.

–Que ya voy, don agonías, que ya voy... ¡Qué pelmazo de hombre, señor! Ni que tuviera que correr él.

Tras dejar casi vacía una de las botas de vino, Malasunto se arremangó hasta las rodillas las perneras del pantalón, dejando a la vista unas canillas blancas y delgadísimas. Luego, montó en su Orbea de color de rosa. Y comenzó a pedalear entre los jaleos de los asistentes.

Don Fausto arrancó el motor de su Dauphine y metió primera.

Malasunto recorrió los primeros metros a paso de exhibición, saludando con la mano a los viandantes.

–¿Qué pretende? –se preguntó Vives–. A esa marcha le puede costar tres horas. ¿Está de broma?

Pero en cuanto llegamos al límite del pueblo y desaparecieron los espectadores, Malasunto pareció por fin tomarse en serio el desafío. De modo progresivo fue acelerando la cadencia de su pedaleo que, aplicado al larguísimo desarrollo de su bicicleta, le hizo ganar velocidad espectacularmente.

Cuando habíamos recorrido la mitad de la distancia que separa Cala-rocha del inicio del Alto de los Caracoles, Laura tocó en el hombro a don Fausto.

–Oiga... ¿funciona bien el velocímetro de su coche?

–Más o menos.

–Entonces... vamos a más de ochenta por hora, ¿no?

Don Fausto pareció sorprenderse.

–Bueno... quizá mienta un diez por ciento.

–Aun así, serían setenta y dos kilómetros por hora –calculó Laura.

–El tipo corre que se las pela, ¿eh, abuelo? –dijo Vives.

Don Fausto frunció el ceño.

–Quizá... quizá lleve viento a favor. Y con ese desarrollo tan largo... Pero en cuanto llegue a la cuesta empezarán los problemas, ya veréis. ¡Ja!

Efectivamente, en cuanto empezó la subida al Alto de los Caracoles, empezaron los problemas. Pero no para Malasunto, que siguió pedaleando casi al mismo ritmo, sino para el coche de don Fausto, que se empezó a recalentar una cosa mala.

–Maldita sea... si es que vamos muy cargados. No tendría que haberos dejado venir conmigo.

–Písale, abuelo, que lo perdemos.

–¡Este trasto no anda más!

–¡La aguja de la temperatura está en el rojo, don Fausto! –le avisé.

–¡Maldición! A ver si vamos a quemar la junta de la culata... Vamos a parar en la Fuente las Cañas y echaremos agua en el radiador.

Paramos, echamos agua y luego, a marcha lenta, continuamos nuestro camino. Al llegar a la Venta de los Caracoles, enclavada en la mismísima cima del puertecillo, nos esperaba una sorpresa.

–¡Mirad! ¡Está allí, abuelo! Se ha parado en la Venta.

–¡Atiza!

El abuelo Vives detuvo el coche junto a Malasunto y se asomó por la ventanilla.

–Oiga, que la prueba consiste en subir aquí y volver a bajar hasta el pueblo, ¿eh?

–¡Ya lo sé, hombre, ya lo sé! ¿Y qué pasa? ¿No puede pararse uno a tomar una cervecita o qué? –replicó Malasunto con su habitual amabilidad.

La «cervecita» era en realidad una jarra de litro que la ventera le traía en esos momentos. Malasunto la agarró con una mano y, ante nuestras atónitas miradas, se la bebió de un solo trago. Luego, lanzó un eructo de veinte segundos.

–Bueeeno. Vamos para allá –dijo a continuación, saltando a la grupa de su bici.

–¿Cómo va de tiempo? –preguntó Laura.

Don Fausto consultó su reloj. Y sonrió.

–Mal. Je, je... tendría que bajar el puerto como un avión para batir el récord.

Pero Malasunto no bajó como un avión. Bajó como un cohete. Lo que no había hecho subiendo, lo hizo bajando: se puso de pie sobre los pedales. Se levantó del sillín y moviendo con las manos la bicicleta como si fueran unas maracas, adquirió una velocidad de vértigo. Tratando de no perderlo de vista, el abuelo Vives estuvo a punto de ponernos el Dauphine de sombrero, pese a conocer aquella carretera como la palma de su mano.

–¡Qué bestia...! –murmuraba de cuando en cuando, entre los chirridos de los neumáticos del auto–. ¿Cómo consigue no salirse de la carretera?

Cuando llegamos al pie del Alto de los Caracoles y enfilamos la larga recta de regreso a Cala-rocha, Malasunto era apenas un puntito en la lejanía.

–Nos ha sacado medio kilómetro de ventaja.

–Písele a este chisme, don Fausto –dijo con rabia Laura Lambán.

El abuelo Vives aplastó hasta la tabla el acelerador del pequeño Renault, cuyo motor rugió como una fiera.

–Es increíble –comentó don Fausto–. Vamos casi a cien por hora y apenas le recortamos la ventaja.

A falta de tres kilómetros para la llegada, una sonrisa se dibujó en el rostro del señor Vives.

–¡Ajajá! Se le ha acabado la suerte. ¡Acaba de pinchar!

En efecto, la vertiginosa velocidad desarrollada por Malasunto había recalentado de tal modo la rueda trasera de su bici que, de improviso, reventó de manera espectacular.

Sin embargo, Malasunto no pareció inmutarse por ello y continuó pedaleando, impertérrito, mientras trozos de la cubierta del destrozado neumático saltaban por los aires impulsados por la fuerza centrífuga.

Don Fausto consultó su cronómetro.

–No puedo creerlo...

Aun cuando la goma había desaparecido y la rueda trasera apoyaba directamente sobre la llanta desnuda, Malasunto mantuvo su vertiginosa marcha sin más diferencia que la aparición de un irritante sonido de piedra de afilar y de una estela de chispas fruto del contacto entre el metal y el firme de la carretera.

Y así llegó a la meta. Y rebajó el récord de Dalmacio Langarica en quince segundos. Y fue el delirio.

Malasunto, tan desagradable como siempre, no esbozó ni una sonrisa.

–Enhorabuena, caballero –le dijo el juez Villena, estrechándole la mano–. Una auténtica demostración. Es usted el nuevo *recordman* del Circuito de los Caracoles y su nombre figurará de hoy en adelante...

–Vale, vale, abuelo. Ahórreme las monsergas. ¿Dónde está la pasta?

–¿Eh? Pues... Bueno, creo que el depositario de las apuestas es el señor Ribera.

–Pues venga, que afloje la mosca, que tengo prisita.

Las apuestas se pagaban cuatro a uno, así que Malasunto se embolsó la friolera de ocho mil duros.

Los cobró y se marchó entre aplausos, sin siquiera bajarse las arremangadas perneras de los pantalones. También dejó abandonada allí su bicicleta, que fue recogida por el señor Villena con destino al futuro museo ciclista de Cala-rocha.

Laura Lambán lo resumió todo en cinco palabras:

–Chicos: ha nacido una estrella.

Pinball

En los días siguientes, la popularidad de Malasunto aumentó en Cala-rocha a costa de los aficionados a todo tipo de competiciones.

Por la mañana, en la playa, se dedicaba a la petanca, a la que jugaba con bolas prestadas. Con las ganancias allí conseguidas se iba a comer opíparamente al bar Tramontana, en el puerto.

Y a la hora del café, se dejaba caer por el Bar Silverio, junto al muelle de poniente.

–¿El señor desea...?

–Tres cafés solos. Y, oiga, veo que regalan una botella de Chinchón Seco al que supere el récord de la máquina de millón.

–Así es. Ochenta y siete mil quinientos puntos, conseguidos por un profesor de física de la Universidad de Hamburgo hace dos veranos. Personalmente, creo que es una marca imbatible.

–¿Me deja un duro para jugar? Es que no llevo suelto.

Malasunto metió la moneda, lanzó una tras otra las cinco bolas y comenzó a jugar con todas ellas a la vez. Un minuto después, todas las conversaciones habían cesado. Se acercaron los primeros curiosos.

–¡Ahí va!

–¡Ostrás!

–¡Ha encendido todos los «bonus»!

–¡Ha apagado todas las «dianas»!

–¡Ha iluminado todos los «extras»!

–¡Qué tío!

Malasunto le atizaba a la máquina tales empujones que terminó jugando dentro de los servicios de señoras. Sin embargo, por alguna extraña razón, nunca le marcaba «falta». Llegó al récord, lo sobrepasó, alcanzó los noventa mil puntos. Luego, los noventa y cinco mil. Por fin, en una especie de *sprint* final en el que las bolas incluso golpeaban el interior del cristal superior de la máquina amenazando romperlo, el marcador pareció enloquecer. Noventa y siete mil... noventa y ocho mil... noventa y nueve mil... noventa y nueve mil novecientos...

Al llegar a su máximo se bloqueó el contador, sonaron todas las campanillas, se encendieron todas las luces, saltaron chispas y, por fin, el aparato se fundió, arrojando una nubecilla de humo negruzco.

Sonaron aplausos.

Malasunto se bebió de tres tragos sus tres cafés.

–Aquí tiene su premio, caballero –dijo Silverio, entregándole la botella de anís–. A los cafés le invita la casa. Y vuelva cuando quiera.

–Volveré cuando tenga usted una máquina de millón decente. ¡Y no esta birria!

Acto seguido, se bebió a morro el contenido de la botella de Chinchón.

Otras veces, Malasunto trasladaba sus operaciones al paseo marítimo. Concretamente, a la terraza del

---

BAR CASA PEP
FUNDADO EN 1909
CERVEZA FRÍA – REFRESCOS Y GRANIZADOS
ESPECIALIDAD EN ANCHOAS DE L'ESCALA

---

donde se daban cita los jugadores de dominó más afamados de Cala-rocha. Allí dejaba los cigarrillos y pasaba a los puros. Encendiendo un habano tras otro y trasegando sin descanso copas de brandy Soberano a las que siempre era invitado de buen grado por sus compañeros de partida, Malasunto se dedicaba a vapulear a cuantos rivales se le ponían por delante.

—El tres-cinco. El cuatro-seis. A pitos. Me doblo. Me redoblo. Cierro a blancas... ¡Dominó!

No dejaba títere con cabeza. Los ganadores de los concursos de dominó de veranos pasados fueron despiadadamente humillados, uno tras otro. Lejos de suscitar resquemores, Malasunto era siempre efusivamente felicitado, tanto por los adversarios como por los mirones, que acudían como moscas.

Durante el resto del día Malasunto, que por fin se había comprado con sus cuantiosas ganancias la bicicleta

Sunbeam que le ofreciera don Fausto, recorría Cala-rocha y sus alrededores a toda pastilla, dejando atónitos a sus habitantes, asustando a ancianitas y atropellando perros sin consideración alguna.

Yo asistía impotente y perplejo a todos aquellos acontecimientos. Y conforme aumentaba su popularidad, crecía también mi preocupación. Sin embargo, no lograba contagiar mi ansiedad a Vives que, sí, se mostraba extrañado por las cualidades extraordinarias de aquel singular sujeto, pero insistía en que nada demostraba que tuviese relación alguna conmigo ni, mucho menos, animosidad ninguna hacia mí.

Yo, convencido de todo lo contrario, veía cómo, poco a poco, el que iba a ser el más feliz verano de mi vida, corría el peligro de convertirse en un horror inconmensurable.

Conversación en el jardín

Recién estrenado el mes de julio, acababa de dejar a Laura, Vives y Emilio. Habíamos estado en la feria y mi estado de ánimo era tan endeble que me había mareado en La Ola, la atracción en la que se montan hasta los críos de seis años. Menos mal que no llegué a vomitar delante de Laura.

Volvía a casa. Pensaba en Malasunto, claro.

Entré por la parte trasera, por el jardín.

Él estaba esperándome dentro, apoyado en la palmera grande. Fumando. No me di cuenta de su presencia hasta que me llamó.

–¡Eh! Dalmacio...

Me volví. Se me doblaron las rodillas al reconocerlo. Quise gritar pero no lo logré. Pensé en echar a correr y meterme en casa. Pero sabía que eso no serviría de nada.

–¿Qué... qué hace aquí? ¿Quién es usted? ¿Qué quiere de mí? –pregunté, tratando de disimular el pánico que me invadía.

–Anda, calla, preguntón, que eres un preguntón –replicó él, con media sonrisa–. Solo vengo a decirte que me gusta este pueblo... ¿cómo se llama?

–Cala-rocha.

–Ah, sí... Vaya un asco de nombrecito... Pero me gusta el sitio, lo reconozco. Está lleno de idiotas y un tipo listo como yo puede sacar tajada con facilidad. Me encuentro a gusto. O sea, que espero que tú y yo nos quedemos aquí el resto del verano. O incluso el resto de nuestra vida. ¿Qué te parece?

–Yo... no voy a estar todo el verano. Me iré a finales de julio.

Malasunto pareció de repente infinitamente contrariado.

–¿Cómo que te irás? –gritó destempladamente– ¿Adónde? ¿Adónde te irás?

–No... no lo sé... adonde digan mis padres.

–¡No puedes hacerme esto! ¡Te acabo de decir que me gusta este sitio! Vamos, vamos, chaval... Seguro que consigues convencer a tus papis para quedarnos aquí hasta septiembre. Con las notazas que hemos sacado...

–¿Hemos?

–Pues sí: hemos. ¡Hemos! ¿O crees que habrías sacado sin mi ayuda todos esos sobresalientes?

−¿Cómo...?

−¿Quién te crees que consiguió que ese tontaina de fraile se confundiese de línea al pasar las notas a las actas?

Sentí un mareo.

−¿Fue... usted?

−¡Preeemio para el caballero! Pero no hace falta que me lo agradezcas. Me basta con que nos quedemos por aquí durante unos meses, ¿vale? Te prometo que no volveré a molestarte.

−Pero... es que no puedo. Mis padres se irán a final de mes y yo tengo que irme con ellos.

El hombre chasqueó la lengua y cambió a un tono mucho más siniestro.

−Conque esas tenemos, ¿eh? ¡Ya me parecía a mí! ¡El señorito, siempre fastidiando! Primero, robas el papel del pobre Ferreiro. ¡Qué vergüenza! Luego, le revientas las vacaciones a Sánchez Velilla. Y ahora, intentas arruinarme a mí el verano. ¡Estarás contento!

−Pero si yo...

−¡Pues no señor! ¡Esto no va a quedar así! ¿Quieres bronca? ¡Pues vas a tener bronca! ¡Y bien pronto! Nos ha jorobado, el niño... Hala, ahí te quedas, Manoteras.

Y se fue, tras arrojar la colilla al suelo.

Bien. Ya estaba. La conversación con Malasunto había sonado como una declaración de guerra. Más concretamente, como la declaración de guerra de los Estados Unidos de América al Principado de Andorra.

Mi único consuelo sería poder decirle a Vives: «¿Lo ves? Yo tenía razón.»

Paco uno

–Anda, pasa, inútil. ¡Hay que ver! Siempre igual. ¡Cuida no resbales y te rompas también la crisma! ¡Necio! ¡Inane!

Mis padres se miraron, espantados, cuando estaban a punto de llevarse a los labios sus respectivas tazas con la leche del desayuno.

–Parece la voz de tía Lola, ¿no? –dije.

Y, efectivamente, era la tía Lola, acompañada por su marido, el tío Paco, que entró en el salón con la pierna izquierda escayolada y caminando con ayuda de muletas.

–¿Qué... hacéis aquí? –preguntó mi madre, al verlos–. ¿No íbais a venir en agosto?

–Sí, hermanita, sí. En agosto. Pero todo se ha ido al garete.

–¿Qué ha pasado?

–¿Es que no lo ves, chata? –respondió mi tía Lola, con retintín–. ¡El zopenco de tu cuñado, que parece tonto de baba. Estábamos a punto de salir hacia la estación para tomar el Lusitania Expreso y marcharnos a Estoril y no se le ocurre otra cosa que subirse a la taza del retrete.

–Fue para cerrar la llave del agua –explicó el tío Paco–. Cuando uno se va de viaje hay que cerrar la llave general para evitar el peligro de inundación...

–¡Que te calles, Paco! Total, que se resbala, se cae, y se fractura el calcáneo.

–¿Y eso qué es? –pregunté.

–¡Un hueso, jolines! ¡Un hueso del pie! ¿Es que no te

enseñan nada en ese colegio tan caro al que vas, sobrino? Total, que ya me diréis qué hacíamos en Estoril con la pata de Paco escayolada. ¡Cuarenta días, nada menos! Así que hemos cambiado de planes y nos hemos venido ya. Un poco antes de lo previsto, es cierto. Pero es que no hay mejor sitio que Cala-rocha para una convalecencia. Y aquí estamos. ¡Hala, Paco! Sube la maleta.

–Pero si no puedo, cariño. Mi pierna...

–¡Claro que puedes! ¿O es que las maletas se asen con la pierna? ¿Verdad que no? Las maletas se asen con las manos. Y en las manos, que yo sepa, no te pasa nada.

–Pero las muletas...

–Deja aquí las muletas y ve a la pata coja, jolines, que hay que decírtelo todo. Por cierto, cuñado, ¿te importa pagar el taxi que nos ha traído? Está esperando en la puerta y yo no llevo suelto.

Por toda respuesta, mi padre carraspeó durante veinte segundos y luego se levantó y dejó su taza de desayuno en el fregadero.

–Ya... ya voy yo –dijo mi madre.

Pacodós

Hora y media más tarde, cuando yo estaba a punto de marcharme a la playa, con el bañador puesto y la toalla en la mano, la puerta de Villa Valleja se abrió de nuevo.

–¡Anda, anda, tira para delante, inútil! ¡Chorlito! ¡Cabezudo de balsa!

En un primer momento pensé que se trataba de tía Lola, que habría salido de la casa sin que yo me diese cuenta. Quizás había ido a la peluquería porque llevaba un peinado nuevo y vestía de modo distinto.

Pero entonces me fijé en que el tío Paco no era el tío Paco de la tía Lola, sino el tío Paco de la tía Pepa, la gemela de la tía Lola. Y lo más curioso es que el tío Paco de la tía Pepa también llevaba escayolada la pierna y para andar tenía que apoyarse en dos muletas. Vamos, igualito, igualito que el tío Paco de la tía Lola.

Corrí a la cocina a darle la noticia a mamá.

–Mamá... ha venido la tía Pepa con el tío Paco escayolado.

–¡Ya lo sé, Dalmacio, no me lo recuerdes! Y no es la tía Pepa sino la tía Lola, no las confundas...

–No, mamá. La de antes, era la tía Lola. La de ahora es la tía Pepa. Seguro. Las distingo por los tíos Pacos. El tío Paco de la tía Pepa es más gordo y está más calvo que el tío Paco de la tía Lola. Y lleva escayolada la otra pierna. La derecha. Vamos, que no hay error posible.

Mi madre me miró con los ojos desorbitados.

–Pero... ¿qué estás diciendo? ¿Te has vuelto loco?

No tuve que responder porque en ese momento se asomó a la cocina la tía Lola. Digo, la tía Pepa.

–¡Hola, hermana! ¡Sorpresa! ¿Sabes qué? Estábamos bajando las maletas al garaje para irnos al chalé de los Peribáñez, que ya te dije que nos habían invitado a la sierra todo el mes de julio, y va el atontado de Paco y mete el pie en un registro del alcantarillado que estaba sin rejilla.

–¿Y...?

–Pues nada, que hemos ido al seguro, le han pasado la pierna por la pantalla y tiene fractura del calcáneo. ¿A que no sabes lo que es el calcáneo, Dalmacio?

–Un hueso del pie.

–¡Pero qué listo es este chico, mecachis en la mar! Aún será verdad lo de esas notas tan buenas. Pues eso, que no era plan presentarnos en el chalé de los Peribáñez con un inválido, así que hemos pensado que lo mejor era venir ya a Cala-rocha. ¡Y aquí estamos!

–Bien... venidos.

Se oyó entonces un ruido escandaloso procedente del salón.

–¡Pero Pacooo! –gritó la tía Pepa–. ¿Es que no te puedo dejar solo ni un minuto? En cuanto me doy media vuelta, haces un estropicio.

–Es por las muletas, que aún no las manejo bien –se excusó el tío Paco de la tía Pepa.

–Bueno, bueno, no ha pasado nada. ¿Qué has roto? ¿Un transistor? Pero ¿a quién se le ocurre dejar ahí un transistor, con lo delicados que son?

–Habrá sido mi padre, porque el transistor es el suyo. O lo era, al menos –dije, mientras mi madre se pasaba la mano por la frente, más seria que un guardia civil.

Pacotrés

–¡Anda, anda para dentro, inútil! ¡Torpón! ¡Bombero!

Debía de ser muy cerca de la hora de comer porque estábamos mi madre y yo poniendo en la mesa platos y cubiertos para siete cuando oímos aquellos gritos destemplados, procedentes del porche. Nos miramos, horrorizados.

–Parece la tía Sara.

–Dios mío... no es posible –gimió mamá.

Pero lo era. Diez segundos después entraba en el comedor seguida de su marido, el tío Paco, que lucía muletas y escayola en todo semejantes a las de sus concuñados.

–¿Qué hacéis aquí? –preguntó mi madre con un hilo de voz–. ¿No os íbais de crucero a las islas griegas para celebrar vuestras bodas de plata?

–Subiendo al barco, estábamos. Subiendo al barco en el puerto de Barcelona. Y entonces, va tu cuñado y se cae rodando por la escalerilla, rebota en el muelle y ¡zas! de cabeza al agua.

–Vamos, para haberme matado... –concluye el tío Paco.

–¡Bueno, bueno, la que se armó allí! Un oficial del barco se tuvo que tirar para rescatarlo. Luego, ambulancia y al Sant Jordi. Total, que después de mirarlo y remirarlo y de hacerle radiografías y cincuenta pruebas más, ¿qué crees que tenía?

–Parece una fractura de calcáneo –dije.

Tía Sara me miró con la boca abierta.

–¡Toma! ¡El niño con rayos X en los ojos! Pues sí, sobrino, sí: fractura de calcáneo, ni más ni menos. Así que...

–No hace falta que sigas, Sara –le interrumpió mamá, muy seria–, que el resto ya me lo sé. Voy a poner dos platos más en la mesa.

Comimos los nueve en medio de una tensión que ríase usted del corredor de la muerte de la cárcel de Alabama.

Tras los postres, mis padres se encerraron en su habitación y comenzaron a discutir a voz en grito. Discutieron durante ochenta y cinco minutos. Luego, mi padre metió sus cosas en una maleta.

—¡Ejeeem! ¡Si queréis algo, me mandáis recado al hotel Pradas! —gritó.

Y salió dando un portazo.

El Chiringuito de Manolo (paellas por encargo)

—Vamos, vamos, Dalmacio, anímate.

—Pero ¿cómo quieres que me anime, viendo que el mundo se desmorona a mi alrededor?

—No será para tanto...

—¿Qué no? ¡Menudo panorama! Mi madre está en casa rodeada por mis tías, que la odian a muerte; y mi padre, mientras tanto, veraneando por su cuenta en el Hotel Pradas. Y lo peor es que... siento que todo es culpa mía.

—Eso no es cierto —replicó Laura Lambán, de inmediato—. Tú no tienes la culpa de nada.

—Sí, Laura, sí la tengo. ¿No te das cuenta? Anoche, Malasunto se enfadó conmigo y me amenazó. Y esta mañana aparecen mis tres tíos pacos con tres fracturas de calcáneo para instalarse en casa durante el resto del verano. Si es una casualidad, que baje Dios y lo vea.

Había convocado en reunión urgente a mis amigos en la terraza del Chiringuito de Manolo, en el paseo marítimo, que era como el centro social de Cala-rocha para la gente de nuestra edad.

–¿Estás diciendo que Malasunto les ha fracturado el calcáneo a tus tíos?

–¡Pues sí! Bueno, no sé... Estoy hecho un lío.

–Vamos, Dalmacio, tranquilízate. Lo que dices no tiene ni pies ni cabeza –aseguró Emilio Lambán.

Justo en ese momento apareció Malsunto por el fondo del paseo, pedaleando en su Sunbeam azul a más de sesenta por hora. Al pasar junto al chiringuito se volvió hacia nosotros y nos lanzó un rápido saludo con la mano. Yo, claro, sentí un escalofrío interminable.

Se produjo entonces un largo silencio durante el que Vives frunció el ceño profundamente.

–Puede que Dalmacio tenga razón –dijo, al fin.

–¿Lo veis, lo veis?

Laura replicó con un gesto de total escepticismo.

–Lo mejor será aplicar el método científico –propuso él, entonces, sacando del bolsillo una libretita y un lapicero–. Necesito todos los datos posibles para intentar llegar a alguna conclusión. Dalmacio, es preciso que recuerdes con precisión todos tus encuentros con Malasunto. Desde el primero. Y todos los detalles que los rodearon. Lo que sucedió justo antes y después. Lo que hiciste en ese momento, lo que pensaste... ¡todo! Reuniremos los datos y trataremos de llegar a alguna conclusión.

Un poco asustado, me volví hacia Laura, buscando su aprobación. También a ella le parecía una buena idea.

–Bien. Lo... lo voy a intentar.

–Tranquilo. Nosotros te ayudaremos –dijo Emilio.

Así, durante cerca de una hora, entre todos fuimos devanando recuerdos, frases e imágenes de los que Vives tomaba buena nota.

Y resultó sorprendente comprobar cómo nosotros mismos, al ir ordenando mis recuerdos, comenzamos a darle sentido a todo aquel disparate.

Lo malo fue que las conclusiones a las que llegamos resultaron muy poco tranquilizadoras. Especialmente, para mí.

Remordimientos

–Tus remordimientos, Dalmacio –sentenció Vives, finalmente–. Esa parece ser la causa.

Parpadeé, conteniendo un estremecimiento.

–Vamos a ver si lo entiendo: ¿me estás diciendo... que mis remordimientos han creado a Malasunto?

Vives alzó las cejas.

–Esa parece la explicación más lógica.

–¿Lógica? ¿Qué tiene de lógica? ¿Es que soy pariente del doctor Frankenstein?

–Quizá no lo has creado. Tal vez ya existía y tú, simplemente, lo has despertado con tu mala conciencia. Tal vez es algo que todos llevamos con nosotros y solo cobra vida en determinadas circunstancias. No lo sé. Pero está claro que tiene que ver contigo. Fíjate bien: lo viste por vez primera en tu casa unas horas después de que visitásemos la morgue. Es decir: justo tras haber tomado la decisión de apropiarnos del papel para canjearlo por un sobresaliente.

–Cierto.

–Algo en tu interior te decía que aquello no estaba bien... y esa desazón fue lo que hizo aparecer a Malasunto. La segunda aparición de Malasunto se produce al día siguiente, en la trapería, justo después de que tú le comentases a Emilio lo mal que te sentías por haber robado el papel de Ferreiro.

–Es verdad. Lo recuerdo perfectamente –comentó Emilio.

–Llegas a Cala-rocha –prosiguió Vives, imparable– y descubres que Velilla se va a pasar el verano estudiando porque don Blas ha confundido tus notas con las suyas. En cuanto decides que lo mejor es callarse, descubres a Malasunto sentado en la heladería. Y, por último: su manera de hablarte anoche indica que entre tú y él hay una clara dependencia. «Espero que tú y yo nos quedemos aquí el resto del verano», «no puedes hacerme esto»...

–Exacto –admití.

–Para mí, está clarísimo –sentenció Vives.

Emilio Lambán levantó un dedo, pidiendo intervenir.

–Pero... si Dalmacio ha fabricado a Malasunto... también podrá acabar con él, ¿no?

–¡Huuy...! Eso ya no está tan claro –replicó Vives–. Malasunto parece un tipo muy listo. Y, además, yo diría que se hace más y más fuerte conforme aumentan los remordimientos de Dalmacio.

–¡Pues que Dalmacio deje de tener remordimientos y asunto solucionado!

–Eso es fácil de decir y muy difícil de lograr, hermanito –intervino Laura.

–Cierto –corroboró Vives–. Sobre todo, si alguien como Malasunto se empeña en provocártelos.

–¿Puede hacer algo así? –pregunté.

–Yo creo que esa es su estrategia. Y la está llevando a cabo mediante un plan muy ingenioso, además. Piénsalo: primero, apareció en la trapería, haciéndose pasar por el *zombie* de Bernabé Ferreiro. Y con aquella aparición nos impidió hacer el último viaje y ganar la Operación Papel.

–Sí. ¿Y qué?

–Con eso, se aseguraba de que don Blas te pusiese las peores notas de la historia del colegio. Pero, a continuación, consiguió que se equivocase al pasarlas a las actas y las cambiase por las de Sánchez Velilla.

–¿Y para qué hizo eso? –preguntó Lambán.

–¡Elemental, querido hermano! –explicó Laura–. Malasunto sabía que cuando Dalmacio descubriese el error y, sobre todo, cuando supiese que Velilla había pagado las consecuencias, se sentiría fatal. Se lo comerían los remordimientos.

–¡Justo lo que Malasunto buscaba! Tus nuevos remordimientos lo hicieron mucho más poderoso. Por eso ganaba a los triles, a la petanca, al dominó... y por eso batió sin despeinarse el récord de Langarica.

–¡Claro! Ahora se ha convertido en el tipo más famoso de Cala-rocha y le apetece quedarse aquí el máximo tiempo posible. Por eso, cuando anoche le dije que me marcharé a fin de mes, se enfadó como un pulpo.

–No solo eso –completó Vives–, sino que decidió pasar a la acción provocando las roturas de calcáneo de tus tres tíos.

–¡Para fastidiarme!

–No –dijo Vives–. Creo que el plan de Malasunto es mucho más audaz. Puesto que tus remordimientos lo fortalecen, quiere que te sientas culpable del mal ambiente que se respira en tu casa.

Mis tres amigos me miraron de inmediato.

–Dalmacio... tienes que evitar por todos los medios sentirte culpable.

–Pero... ¡no puedo, Laura! ¡Si está clarísimo! Mis padres se han tirado los trastos a la cabeza por culpa de la llegada de mis tíos. Y los accidentes de mis tíos los ha provocado Malasunto.

–¡Exacto! ¡Luego la culpa es de Malasunto!

–¿Y quién ha creado a Malasunto? ¡Yo! Así que, en realidad, todo es culpa mía.

–¡No, no, no! ¡Debes alejar esa idea de tu cabeza, Dalmacio!

–¡No puedo!

–Yo, lo que no acabo de entender –intervino entonces Emilio Lambán– es eso de que todos tus tíos se llamen Paco. ¿No es mucha casualidad?

–¿Y si lo llevamos a un psicólogo? –propuso Laura.

–¡Hipnosis! Eso podría funcionar, ¿no?

–Una idea: si lo dejo sin conocimiento de un puñetazo tampoco tendrá remordimientos –propuso Lambán.

De inmediato, notamos un revuelo de gentes que corrían hacia el puerto.

–¿Qué pasa? –preguntó Vives a uno de los camareros del chiringuito.

–Ese tipo que batió ayer el récord del Circuito de los Caracoles. Ahora parece que quiere batir el de la travesía a nado del puerto. El que posee Johnny Weissmuller desde aquel año en que apareció por aquí creyendo que estaba en el Festival de Cannes.

–¡Qué borracho estaba Weissmuller aquel día! –recordó un jubilado desde la mesa de al lado.

–Ay, madre... –gemí–. Es él, otra vez. Malasunto ataca de nuevo.

–Ahí lo tienes. Le estás dando nuevas fuerzas –indicó Laura–. Si esto sigue así, dentro de poco será capaz de todo. Se hará el amo del pueblo, si lo desea. Tienes que conseguir pensar en otra cosa, Dalmacio.

–Ya lo tengo –exclamó Vives–. Emilio, llévatelo al cine. ¡Vamos, deprisa!

–¿Y no puedo ir con Laura? –propuse–. Seguro que me distraigo más con ella.

–Ni hablar. A Laura la necesito yo para que me ayude a pensar. Vamos, vamos. Id al Miramar Cinema, que está a punto de empezar la sesión.

–¿Quién invita? –preguntó Lambán–. Porque yo estoy sin blanca.

Miramar Cinema

Me tocó invitar a mí, claro.

Lo más curioso fue que, en la fila para sacar las entradas, nos encontramos a Sánchez Velilla.

–¡Velilla! ¿Cómo tú por aquí?

–He convencido a mi madre para que me deje venir al cine. Como es una de romanos le he dicho que me vendrá bien para repasar las lecciones de Historia. La verdad es que estoy hasta las narices de estudiar. No me deja despegar las pestañas de los libros ni un instante. ¡Qué verano me espera!

Naturalmente, me sentí fatal al oír aquello.

–Estás invitado, Velilla –dije entonces, en un arranque espontáneo.

–Pero si mi madre me ha dado dinero...

–¡Pues te lo gastas en altramuces! He dicho que te invito al cine. ¡Y no se hable más, demonios! ¿Quieres palomitas?

–No me gustan las palomitas...

–¿Patatas fritas? ¿Chupa-chup? ¿Chicle? Vamos, hombre, pide por esa boca.

–Una chocolatina blanca.

–Eso está hecho. Emilio, toma dinero y ve a comprarle a Velilla dos chocolatinas blancas. De las grandes. Y palomitas para nosotros.

–¡Marchando!

O sea, que la tarde me salió por una pasta, pero conseguí rebajar sensiblemente mi nivel de remordimientos.

Luego supe que, más o menos en el momento en que yo invitaba a Velilla, Malasunto había sufrido un desfallecimiento que le llevó a igualar el récord de Weissmuller cuando a mitad de travesía parecía que lo iba a batir de calle. Eso sí, el público asistente valoró la dificultad añadida de nadar con zapatos, traje y corbata y premió a Malasunto con una fuerte ovación.

Nos tragamos un péplum más malo que el sebo. Pero cuando salimos del Miramar, Laura y Vives nos esperaban en la calle con una sonrisa panorámica.

–¿Tenéis la solución?

–Creemos que sí.

Regresamos al Chiringuito de Manolo y allí Vives expuso su plan.

–Laura y yo pensamos que la mejor forma de acabar con Malasunto es atacarlo en su origen, cuando todavía no tenía el poder que tiene ahora.

–¿Y cómo se hace eso? ¿Retrocediendo en el tiempo?

–Esperemos que no –dijo Laura–. Creemos que si Malasunto apareció a raíz de la decisión de robar el papel de la trapería... posiblemente devolver el papel robado a su lugar acabaría con él.

Sentí una oleada de desánimo al oír aquello.

–Entonces, estoy perdido. ¿Cómo voy a devolver el papel? Seguramente, habrá sido ya vendido para enviar el dinero al sitio ese donde tenían que montar un taller para bicicletas. Las islas Chafarinas, me parece.

–No –afirmó rotundamente Vives–. Todo el papel permanece almacenado todavía en el colegio Joaquín Costa y no se procederá a su venta hasta el día doce de octubre, coincidiendo con la Fiesta de la Hispanidad. Me lo explicó uno de los encargados de la Operación Papel, la noche que fui allí con don Blas.

–Aun así... queda otra pega insalvable. ¿Cómo voy a volver a la ciudad desde aquí?

–Como la mayoría de los habitantes de Cala-rocha: en tren.

Cala-rocha Estación

Decidimos ir a la estación de Renfe para informarnos sobre los horarios de trenes y el precio de los billetes y, así, poder trazar un plan.

Recorrimos el paseo marítimo hasta el final y, luego, giramos a la izquierda, por la calle de la estación.

Para cruzar las vías hay dos métodos: a la brava, jugándose el pellejo, o utilizando el paso peatonal elevado, lo que supone setenta y dos escalones de subida y otros tantos de bajada. Casi todo el mundo utiliza el paso elevado. Sobre todo porque, desde lo alto del mismo, se disfruta de una bonita vista de Cala-rocha y sus alrededores.

Cala-rocha es un pueblo plano, largo y estrecho que se extiende entre el mar y las vías del tren, que corren paralelas a la costa. Al cruzar las vías, Cala-rocha se acaba, de golpe. La estación de Renfe es el único edificio que se levanta al otro lado de los raíles, a partir de los cuales ya solo es posible hallar algunas huertas y campos de cultivo y, enseguida, las primeras estribaciones de la muy cercana cadena montañosa litoral.

Pero aquella tarde, al coronar el paso elevado, la sorpresa nos dejó petrificados.

–¿Estáis todos viendo lo mismo que yo... o me he vuelto loca de remate? –preguntó Laura, al cabo de un buen puñado de segundos de asombrado silencio.

–Quizá las dos cosas –susurró Vives, como respuesta.

–Dios mío... –exclamé–. Es... increíble.

–Aquí pasa algo raro, ¿verdad? –preguntó Lambán–. Hay algo distinto...

Laura, Vives y yo lo miramos de reojo.

–La ciudad, Emilio –le dijo su hermana–. Está ahí, al otro lado de las vías.

–Sí, ya la veo... ¡Anda! ¡Ahora caigo! Antes, la ciudad no estaba ahí.

–Exacto. Antes, estaba a doscientos kilómetros de aquí.

–¡Qué curioso...!

–Esto es cosa de Malasunto –afirmó Vives, sordamente.

–¿Malasunto ha traído la ciudad hasta aquí? –preguntó Emilio.

–Sí. Creo que sospecha lo que pretendemos hacer y nos está retando.

Laura afirmó lentamente con la cabeza.

–Tienes razón. Le gusta competir. Ha descubierto el placer de jugar y ganar. Y quiere derrotarnos.

–O tal vez, simplemente, está poniendo las cosas a su favor –dije–. A lo mejor la ciudad está demasiado lejos para él, fuera de su radio de acción... y ha decidido traerse cerca el campo de batalla.

–Sea como sea... vamos a darle en los morros a ese chulo de playa –dijo un resuelto Vives, reanudando la marcha.

La ciudad

La ciudad era la ciudad. No había ninguna duda. No era un espejismo ni un duplicado en cartón piedra. Era la auténtica ciudad que habíamos dejado unos días atrás, aunque mucho más solitaria, como corresponde a una urbe de la que han huido sus habitantes con el inicio de las vacaciones.

El sol se estaba poniendo y las paredes de los edificios escupían el calor acumulado durante el día. Los pocos transeúntes con los que nos cruzábamos caminaban lenta, cansinamente. Se oían voces de locutores televisivos a través de las ventanas abiertas.

Un trolebús de la línea del Arrabal cruzó silencioso por la calle perpendicular a la nuestra.

De pronto, surgió a nuestra espalda un petardeo peculiar que fue creciendo en intensidad. Lo reconocimos al instante.

El motocarro Cremsa Toro de la escuela de chóferes Claxon pasó junto a nosotros y se perdió calle adelante en pocos segundos.

–¿Lo habéis visto? ¡Era don Blas! –exclamó Lambán.

–¡Vaya cara! Aún no ha devuelto el motocarro.

—Me parece que el notable de Boira le va a salir a su padre algo más caro de lo que pensaba.

—El caso es que nos vendría de perlas para trasladar el papel —apuntó entonces Laura.

Colegio Público Joaquín Costa

Nos dirigimos directamente al Colegio Público Joaquín Costa.

—¡Vaya! —exclamó Laura al llegar, observando de lejos el edificio—. Primer problema: hay un policía local en la puerta, haciendo guardia.

Pero Vives, Emilio y yo nos miramos, sonrientes.

—Quizá no sea tanto problema —dije.

—¡Anda la porra! ¿Qué hacéis vosotros aquí?

—¡Hola, señor Porras! Pues... hemos venido a recuperar nuestro papel.

—¡Huuuy...! Huy, qué problemaaa... Porque resulta que a mí me han encomendado la misión de impedir que nadie, repito, absolutamente nadie, se lleve ni una sola hoja de papel de las treinta y tres toneladas aquí depositadas.

Vives carraspeó unos instantes.

—Y... ¿quién le ha encomendado esa misión?

—El jefe de policía. En persona.

—¿Y dónde está el jefe de policía?

—Pues... se ha ido de veraneo.

–Como todo el mundo.

–Pues sí.

–Y usted, aquí todo el verano.

–Pues sí.

–Sin vacaciones.

–Pues... sí.

–Cuidando estas treinta y tres toneladas de papel viejo.

–¡Ejem...! Pues... sí.

–Entiendo.

Se produjo un incómodo silencio mientras el guardia Porras procesaba su diálogo con Vives.

–Soy un memo, ¿verdad? –reconoció, por fin, el propio Porras–. Hala, pasad. Vamos a ver dónde porras está vuestro papel.

Lo encontramos enseguida. Era muy fácil de identificar porque Ferreiro lo había empaquetado primorosamente, en fajos iguales, perfectos, atados todos ellos con una vuelta de cuerda de sisal y un nudito sencillo y efectivo en la parte superior. Casi como bandejas de pasteles.

De inmediato, surgió el problema del transporte. Pero en cuanto Laura volvió a comentar lo bien que nos vendría contar con el motocarro de la academia Claxon, al guardia Porras se le iluminó la cara.

–¡Dejadlo de mi cuenta, chicos! No sabéis las ganas que tengo de cruzar unas palabritas con ese don Blas. ¡Menudo veranito me está dando, todo el día arriba y abajo con el motocarro de la porra! ¡Si no hay tarde que no me saque de la siesta con el dichoso pedorreo!

Así que Porras se dirigió al teléfono de conserjería y marcó el número del cuartelillo.

—Moisés, soy Porras. Oye, agarra la moto y échale el alto al fraile ese que va todo el día de aquí para allá con esa porra de motocarro. Y me lo traes al colegio Joaquín Costa, que le voy a cantar las cuarenta por saltarse un *stop* delante de mis narices, ¿vale? No tardes.

Quince minutos después apareció don Blas, a los mandos del Cremsa Toro, escoltado por el guardia Moisés en su Sanglas 400.

—¡Esto es un atropello! —clamaba nuestro profesor, al bajar del vehículo—. ¡Un abuso de autoridad!

Y de inmediato, al reconocernos, alzó las cejas con sorpresa.

—¡Vosotros! —gruñó—. ¿Qué significa esto?

—Hace cinco minutos se ha saltado usted una señal de *stop* —afirmó Porras—. Ahí mismo.

—Eso no es cierto —protestó don Blas.

—Tengo cuatro testigos.

Vives, Lambán, Laura y yo esbozamos una siniestra sonrisa. Don Blas tragó saliva.

—Está bien, Porras. Ya le veo venir. Explíqueme qué quiere —exigió el fraile, tras unos segundos de silencio.

—Hay que llevar todo este papel a donde le indiquen estos chicos.

—Ya lo sabe usted —dijo Vives—. Calle de San Miguel, número cuarenta y dos, semisótano.

—¿Y eso es todo?

—Eso es todo.

Don Blas frunció el ceño y meditó unos instantes su situación.

—De acuerdo.

Un bordillo en la calle de San Miguel

Veinte minutos más tarde, íbamos ya camino de la trapería de Ferreiro. Vives y Lambán se metieron junto con don Blas en la cabina del motocarro, que amenazaba con volcar en cualquier momento a causa del sobrepeso. Laura y yo nos sentamos tras el guardia Moisés en su moto Sanglas, que salió zumbando.

—Es aquí —le indicamos al policía, al llegar.

—Os dejo, pues. A la marcha de caracol que llevaba el motocarro, calculo que vuestros compañeros aún tardarán al menos diez minutos en llegar. Pero yo tengo que volver al cuartelillo. El crimen nunca descansa y es preciso combatirlo. Adiós.

—Adiós, gracias.

—Adiós.

Y allí nos quedamos Laura y yo.

Había oscurecido, pero aún no lucían las farolas. La calle de San Miguel estaba desierta y, la verdad, impresionaba un poco. Nos sentamos en el bordillo de la acera y Laura se me agarró del brazo y se recostó contra mí. El corazón se me aceleró tontamente y yo no me atrevía a moverme ni a hablar ni a respirar casi, para que no se rompiera el encanto; para que no terminase aquel momento.

Sudando como un condenado a galeras, no sé de dónde saqué la determinación suficiente para deslizar mi brazo izquierdo por detrás de su espalda y enlazarla por la cintura. Y a ella no pareció disgustarle. Al contrario, inclinó la cabeza y la apoyó en mi hombro. Y yo creí que me iba a morir de felicidad allí mismo.

Nunca había estado tan cerca de una chica. Y, mucho menos, de una chica que me gustase tanto como Laura.

–Está bonita la ciudad a esta hora; en penumbra, tan solitaria...

–Oh, sí –respondí, tras mucho pensar una respuesta ingeniosa.

–Ojalá siempre estuviese así, ¿verdad?

–Sí –respondí esta vez.

Lo estaba haciendo fatal. Pero fatal, fatal. De pronto, Laura se incorporó, casi de un salto.

–¿Qué pasa?

–¡Mira! –me dijo, señalando la farola más cercana.

Había una bicicleta atada a la farola con un trozo de cadena y un candado pequeño. Al reconocerla, mis recientes sudores se transformaron en escalofríos.

–¡Ostrás! Es la Sunbeam azul de Malasunto.

–En efecto. Eso significa que está por aquí cerca.

Oímos entonces el petardeo inconfundible del Cremsa Toro, que ya se acercaba por el fondo de la calle. Emilio se había bajado y caminaba junto al vehículo, manteniendo su misma marcha sin esfuerzo.

Antes de que don Blas detuviese el motocarro ante la puerta, Vives ya se había fijado en la bicicleta encadenada a la farola. Sin embargo, prefirió no hacer ningún comentario. Al fin y al cabo, ninguno de nosotros podía imaginar cuáles eran las intenciones de Malasunto.

–Vamos, vamos, hay que darse prisa –indicó–. Cargad cada uno dos fardos. Usted, don Blas, quédese aquí, de guardia. No quiero dejar el papel sin vigilancia ni un instante.

Así lo hicimos.

–La llave, Dalmacio –me dijo Vives, extendiendo la mano.

–¿La... llave? ¿No la guardaste tú?

–¡Maldita sea! ¡No me digas que no tenemos la llave!

–Eh, eh, tranquilos... No importa la llave: la puerta está abierta –nos hizo ver Lambán.

–¿Abierta?

Todos pensamos lo mismo: que aquella puerta abierta era una clarísima invitación a meternos en la boca del lobo. Pero nadie protestó. No teníamos opción.

–Adelante.

Empujamos la gran hoja de madera, que se abrió con un siniestro, largo crujido. Todo parecía normal.

Cruzamos el umbral y, al instante, todos nos detuvimos.

–¡Ay...! He tenido un pequeño mareo –dijo Laura.

–También a mí se me ha ido un poco la cabeza –dijo su hermano.

–Y a mí –dijimos al unísono Vives y yo.

Pero, como la cosa quedó en solo eso, decidimos seguir adelante de inmediato.

–¡Eh! ¿Os habéis fijado en lo limpio que está todo? –nos hizo notar Emilio–. Mirad cómo brilla la madera del pasamanos. Y los escalones parecen recién fregados.

–Es cierto –confirmó Vives–. Parece que ha habido limpieza general. ¿No es muy raro que doña Lucrecia se gaste el dinero en esto?

El rellano del estresuelo aparecía impecable.

Junto a la puerta de la izquierda colgaba una placa que ninguno de nosotros recordaba haber visto en la visita anterior:

DR. AHMMEDH
Sacamuelas diplomado

Sobre la puerta derecha, seguía la placa del

CÍRCULO MATEMÁTICO
LOS AMIGOS DE EUCLIDES
Horario: de 19,333 h a $\sqrt{-81}$ h
Lunes, cerrado

Eso sí, reluciente como recién puesta.

Vives, que abría la marcha, empujó la puerta. Y el susto que nos llevamos fue morrocotudo.

–¡Adelante, muchachos, adelante!

–¡Sed bienvenidos a este templo del saber y de la erudición!

–¡Viva Leibniz!

—¡Viva!

Procedentes de la habitación contigua, aparecieron en la sala dos hombres de mediana edad, generosamente calvos, ataviados con bata blanca de profesor y que lucían sobre la nariz unas gafitas redondas y antiguas.

—¿Venís a haceros socios de Los Amigos de Euclides?

—¿De quién? —preguntó Emilio, perplejo.

—¡Qué alegría! —exclamó uno de los hombres, alzando las manos—. Hace tanto tiempo que no tenemos nuevas incorporaciones...

—No, miren, nosotros solo queríamos... —trató de explicar Vives.

—Pero pasad, pasad, que os presentaremos a los demás.

Estábamos tan sorprendidos que obedecimos sin resistencia. Dejamos en el suelo los fardos de papel y acompañamos a los dos estrafalarios sujetos hasta la habitación contigua.

—¿De dónde han salido estos tipos? —me preguntó Emilio en un susurro.

—Ni idea.

El Círculo Matemático

—¡Llegan mentes nuevas, caballeros! —gritó uno de nuestros anfitriones, al entrar en el otro cuarto, que era grandísimo—. ¡Jóvenes neuronas sin estrenar!

—¡Loado sea Gauss! —clamó uno de sus compañeros, un tipo bajo y grueso pero igualmente ataviado con bata blanca y gafitas–. Al fin podré discutir con alguien sensatamente sobre ecuaciones abelianas.

–No sé cómo vas a discutir sensatamente de nada si eres un insensato, Méndez.

–¿A quién llamas insensato, maldito seguidor de Cantor?

–¡Pues sí! ¡Y a mucha honra! Su teoría de conjuntos ha revolucionado nuestra ciencia, mal que te pese. ¡Carcamal!

–¡Ja! ¡La teoría de conjuntos es una memez que no llegará ni a final de siglo! Y si no, ¡al tiempo!

Un poco más allá, otros dos sabios discutían acaloradamente frente a un determinante del tamaño del cuadro de Las Meninas. Otro, practicaba con un ábaco. Y había muchos más. Por lo menos, dos docenas.

Junto a la ventana, uno de los más jóvenes amigos de Euclides hacía girar los pedales de una vetusta bicicleta colocada ruedas arriba sobre una mesa, al tiempo que efectuaba operaciones matemáticas con una antiquísima calculadora de engranajes. Vives, claro, se acercó a él.

–¿Le interesan las bicicletas?

–¡Oh, sí! Un mecanismo apasionante. Sus posibilidades aritméticas son casi infinitas: el diámetro de la rueda, su desarrollo final, el número de dientes del plato y del piñón, la longitud de la biela... Estaba pensando que, si fuera posible colocar varios piñones en torno al buje trasero y diseñar un mecanismo que permitiera a la cadena de transmisión pasar de uno a otro, se podría elegir el desarrollo más adecuado a cada circunstancia...

144 Vives parpadeó.

–Sí, claro. Pero eso ya está inventado hace mucho tiempo.

–¿Ah, sí? No me digas...

–¡Ya lo creo! Mi abuelo vende bicicletas. Si quiere ver cómo funciona un cambio, no tiene más que pasarse por su tienda.

–Ah, bien... lo tendré en cuenta.

De todas partes salían matemáticos en bata que se acercaban a nosotros con matemática curiosidad.

–¡Por Leibniz! ¡Qué hermoso conjunto de jóvenes elementos!

–Les tendremos que hacer la prueba de ingreso.

–¡Eso, eso! ¡La prueba!

–¡A ver! ¡El cuadrado de pi!

–¡Hala! Eso es muy fácil... ¡Pregúntales cuánto es pi, raíz de tres! ¡Con diez decimales!

–¡Qué dices, Antonio! ¡Pi, raíz de tres yo lo sabía con tres años!

–Ya. ¡Y lo olvidaste con cuatro, mendrugo!

–Perdonen –interrumpió Laura, tras la carcajada general que provocó la puya–. Nosotros no pretendemos ingresar en su asociación. Tan solo queremos llegar hasta el semisótano.

–¡El semisótano!

–El semisótano...

–Eso es imposible. El semisótano se encuentra totalmente inundado de ecuaciones de segundo grado, matrices y determinantes.

–También hay grandes cantidades de raíces cúbicas y logaritmos neperianos que impiden dar un solo paso.

–Por no hablar de las integrales, tan resbaladizas... Hace poco, uno de nuestros compañeros se fracturó el calcáneo al resbalar en una integral.

–Cierto. Pobre Paco.

–En fin, que es imposible llegar al semisótano.

Entonces lo vi. En un rincón, rodeado de matemáticos, estaba Malasunto. Vestía bata blanca, como todos ellos, aunque, debajo, se adivinaba claramente su eterno traje de lanilla gris marengo. Se quitó las gafitas redondas, me miró y se echó a reír.

Antes de poder alertar a mis compañeros, otro de los profesores reclamó la atención general.

–¡Señores, atentos! ¡Está hablando don Santiago por la radio! ¡En directo desde Salamanca!

–¡Don Santiago!

–¡Don Santiago...!

Subió el volumen de la radio, un viejísimo aparato marca IBERIA, y todos guardaron un respetuoso silencio mientras una voz más bien aguda se extendía por la habitación:

... La naturaleza nos ha otorgado una dotación limitada de células cerebrales. He aquí un capital que nadie puede aumentar, ya que la neurona es incapaz de multiplicarse...

–¡Lo que sabe este hombre! ¡Y eso que no es matemático!

–¡Chssst...!

... Pero si se nos ha negado la posibilidad de aumentar nuestro caudal celular, se nos ha otorgado, en cambio, el inestimable privilegio de modelar y ramificar las expansiones de estos elementos, como si dijéramos, de los hilos telegráficos del pensamiento...

Laura frunció el ceño.

–Pero... ¡pero si parece Ramón y Cajal!

–¡Claro, niña! –corroboró uno de los matemáticos–. El más grande de los científicos de nuestros días.

... *aprovechemos la juventud y la edad viril, porque el protoplasma celular parece endurecerse, como el mortero, con el paso del tiempo; y no hay nada más infecundo, y aun nocivo, que una cabeza incapaz de aprender y corregirse...*

–¿De qué año es esa grabación?

–¿Grabación? No es ninguna grabación, jovencita. Es don Santiago en directo, inaugurando el curso académico en la Universidad de Salamanca. ¡Desde luego, esto de la radio es un gran invento!

–Pero... no puede ser –murmuró Emilio.

–Me alegra que te hayas dado cuenta, hermano –añadió Laura.

–¡Cómo no voy a darme cuenta! Es imposible que ese señor esté inaugurando el curso. ¡Estamos a principios de verano!

Laura carraspeó largamente.

–Hay otra razón, Emilio: don Santiago Ramón y Cajal murió hace un montón de años.

–¡Toma! ¿Estás segura?

–Segurísima.

Nos miramos los cuatro, desconcertados. De pronto, Vives se acercó al matemático que calculaba desarrollos de bicicleta.

–Oiga, por favor... usted parece aficionado al ciclismo.

–Lo soy, sí.

–¿Podría decirme quién ha ganado el Tour de Francia este año?

–¡Naturalmente! Ha sido un francés, como casi siempre. Un tal Pelissier.

–Pelissier –repitió Vives, palideciendo–. ¿Está usted seguro?

–Completamente.

Regresó Vives junto a nosotros con el gesto descompuesto.

–Vámonos de aquí.

–¿Qué?

–Vámonos de aquí ahora mismo. ¡Ha ganado Pelissier!

–¿Y qué pasa con eso?

–Eso significa... ¡que estamos en mil novecientos veintitrés!

–¿Qué estás diciendo? ¿Te has vuelto loco?

–¡Es una trampa de Malasunto! ¡Larguémonos a toda prisa!

–Pero...

–¡No discutáis! Y cargad el papel o lo perderemos para siempre.

El tono angustiado de Vives no dejaba lugar a la réplica ni al titubeo. Mientras Ramón y Cajal absorbía la atención de los sabios de bata blanca con el final de su discurso, nosotros salimos de la sala a toda prisa, recogimos nuestros paquetes de papel y abandonamos el piso del Círculo Matemático.

–¡Rápido! ¡Hay que salir a la calle! –ordenó Vives.

Descendíamos los escalones que unían el rellano del entresuelo con el vestíbulo de entrada a la casa, camino de la puerta principal, cuando, de nuevo, sentimos algo extraño. Fue como si el aire se volviese espeso y nos impidiese avanzar.

—¿Qué ooocuuuurre?

—¡Tenemos queeeaaalcanzar la puuuerta! —gritó Vives, lentamente—. ¡Pero nooo dejéeeis el paaapel!

La voz de Vives sonaba distorsionada, como si hablase desde el interior de un trombón.

Teníamos la sensación de caminar por arenas movedizas. Cada paso representaba un esfuerzo supremo; y un sonido inquietante, un zumbido que cambiaba de tono y se te metía hasta el fondo de la cabeza, dificultaba aún más nuestro avance.

Emilio llegó a la puerta el primero. La abrió de par en par. El exterior se veía difuso y brillante. Decididamente irreal.

Salió Emilio y pareció desvanecerse. Como si se zambullese en una piscina de luz intensísima.

Vives siguió sus pasos y también pareció desaparecer al cruzar el umbral.

Laura tenía dificultades para avanzar, así que intenté ayudarla empujándola por la espalda.

—Vaaamooos Laauuuraaa...

Nos faltaban solo unos centímetros para alcanzar la calle, pero daba la sensación de que nunca lo lograríamos.

Sin embargo, lo hicimos.

Cuando, al fin, tras una lucha titánica, conseguimos cruzar la puerta, caímos al suelo, exhaustos, y ambos rodamos sobre la acera frente al portal de San Miguel, cuarenta y dos.

Don Blas y nuestros compañeros acudieron en nuestra ayuda.

—¿Qué ha ocurrido? —pregunté, jadeante, aún con la cabeza dándome vueltas.

—Malasunto ha ganado el primer asalto —dijo Vives, lacónicamente—. Sabía lo que pretendíamos y se las ha ingeniado para impedirnos devolver el papel.

—¿Cómo lo ha hecho?

—No me lo explico. Sólo sé que ahí dentro era otro tiempo. Cuarenta y siete años atrás.

—Pero eso es... imposible, ¿no?

—No parece haber nada imposible para él.

—Desde luego, la cosa se ha puesto muy fea —comentó Laura, recuperándose del esfuerzo—. Tenemos que ganarle la partida a un tipo que puede trasladar una ciudad entera de lugar y hacer retroceder el tiempo medio siglo.

—¡Casi nada!

—Pero hay un detalle a nuestro favor —dijo Laura.

—¿Cuál?

—Si Malasunto se está tomando tantas molestias para impedirnos llegar a ese semisótano... es porque, efectivamente, hemos dado en el clavo. Ahora estoy segura de que devolver a su lugar todo ese papel usado es el método para acabar con él.

—Sí. Solo hay que encontrar la manera de hacerlo.

Último lío:
El Critérium Ciclista de Cala-rocha

Durante los días siguientes, el desánimo se apoderó de mi persona de un modo total.

Malasunto, cada vez más famoso y atrevido, se había convertido en un triunfador absoluto. Habría podido conseguir una impresionante colección de trofeos de mus, tute, guiñote, subastado, damas, parchís, oca, dados, dardos, bolos y canicas de no ser porque, tras ganar cada competición, arrojaba la copa de campeón a la papelera más cercana, conservando tan solo el premio en metálico.

Sin embargo, pese a triunfar en todas las disciplinas de la competición veraniega, parecía sentir especial predilección por el ciclismo. Sobre su Sunbeam de color azul había batido su propio récord del Circuito de los Caracoles en seis ocasiones, a razón de treinta segundos en cada una de ellas. A veces, competía contra equipos de aficionados a los que concedía ventajas inconcebibles, aparentemente insuperables, para rebasarlos finalmente a todos, con absoluta facilidad, cincuenta metros antes de cruzar la línea de meta.

Había días en que salía solo a la carretera. Nunca se alejaba demasiado de Cala-rocha, eso es verdad, pero podía dar perfectamente veinte vueltas a la comarca, recorriendo seiscientos kilómetros a una media escalofriante.

Y la gente seguía adorándolo a pesar de su carácter insoportable. Si le daba una patada a un perro, los dueños le reían la gracia. Si le atizaba un capón a un niño, este le pedía un autógrafo. Si eructaba en público, todos alababan su valentía para enfrentarse a los convencionalismos sociales.

Bebía como un cosaco y fumaba como un carretero, pero en ello la gente veía únicamente motivos de admiración.

–Y a pesar de todo, está en plena forma. ¡Qué gran hombre!

Yo no entendía nada. Sobre todo, porque me hallaba convencido de que Malasunto sentía un infinito desprecio hacia la gente que tanto lo admiraba.

Por mi parte, lo odiaba con toda mi alma.

La determinación de Laura

–Tenemos que volver a intentarlo –dijo Laura.

–¿Derrotar a Malasunto? Eso es imposible. Se trata de un superhombre.

–¡No es un superhombre! –exclamó la hermana de Lambán–. Es solo un tipo vanidoso, grosero y al que le encanta ganar siempre. O sea, como la mayoría de los hombres.

–Vaya, gracias...

–Estoy segura de que podemos vencerle. Únicamente es necesario... distraerlo.

–Sinceramente, no me parece que se aburra demasiado –comentó Emilio.

–No me refiero a eso, hermanito, sino a que necesitamos una buena maniobra de distracción. Algo que mantenga ocupado y alejado de nosotros a Malasunto el tiempo suficiente para conseguir devolver el papel robado a la trapería de Ferreiro antes de que él se entere. Y creo que sé cuál es la manera.

Habían pasado cinco días desde nuestro primer intento de devolver el papel. Yo seguía teniendo cada noche pesadillas en las que me ahogaba en un mar de ecuaciones de segundo grado mientras un batallón de matemáticos en bata blanca me cantaban «Mal asunto, Dalmacio amigo, mal asunto» con la música del réquiem de Mozart. En fin...

Esa tarde, a la hora de la siesta, mientras Vives se quedaba ayudando a su abuelo en la tienda y escuchando la retransmisión radiofónica de la etapa del día del Tour de Francia, los hermanos Lambán y yo habíamos subido a la terraza de mi casa a meditar sobre los siguientes pasos que debíamos dar en relación con el asunto Malasunto. Eso sí, evitando por el bien de todos mirar hacia las ventanas de los apartamentos Piscis, donde el pobre Sánchez Velilla seguía encerrado, estudiando día y noche como un opositor a notarías.

–¿En qué estás pensando, exactamente? –pregunté.

Laura me lanzó una de sus verdes miradas. Por toda respuesta, sacó del bolsillo del pantalón un cartel de pequeño tamaño doblado en ocho partes:

XXII CRITÉRIUM CICLISTA DE CALA-ROCHA

GRAN PREMIO «ESPUMOSOS EL RAYO»

ABIERTO A TODAS LAS CATEGORÍAS

14 DE JULIO DE 1970 A LAS 11 h
SALIDA NEUTRALIZADA: FUENTE DE LOS INCRÉDULOS
RECORRIDO: 140 KMS

Con el patrocinio de:

EL RAYO, S.A.
FÁBRICA DE SIFONES Y BEBIDAS CARBÓNICAS

Entidades colaboradoras:

EXCMO. AYUNTAMIENTO DE CALA–ROCHA

* * *

CICLOS VIVES
DISTRIBUIDOR OFICIAL DE BUJES PELISSIER
SERVICIO OFICIAL RALEIGH

* * *

BAR PEP
ESPECIALIDAD EN ANCHOAS DE L'ESCALA

TIPOGRÁFICA MEDITERRÁNEA Pº Marítimo, 62 Cala–rocha

–Estoy segura de que se va a apuntar –afirmó Laura–. La bicicleta es su principal afición y no perderá la ocasión de anotarse otra victoria.

–¡Ah! Ya te entiendo. Si Malasunto está ese día compitiendo en el Critérium, tendremos nuestra oportunidad.

–Exacto. Por muy deprisa que vaya, el recorrido le llevará al menos dos horas, de modo que, si estamos preparados, dispondremos de tiempo suficiente para devolver el papel.

–Puede que tengas razón. ¿Vamos a contárselo a Vives?

–Vamos.

Abandonamos la terraza, bajamos hasta la planta baja de la casa y nos dirigimos a la salida. Estábamos cruzando la puerta cuando retrocedí, empujando a mis amigos de nuevo hacia el interior de la casa.

–¡Atrás! ¡Que viene, que viene!

–¿Quién viene?

–¿Quién va a ser, maldita sea?

Malasunto entró en compañía de dos de mis tres tíos pacos, entre risas exageradas.

–¡Eh! Aquí falta un cojo –exclamó Malasunto.

–¡Es Paco, que se ha caído en el jardín! –exclamó el tío Paco de la tía Sara.

–Venga, arriba, gandul, que el empujón ha sido sin querer –le gritó Malasunto, mientras los otros dos pacos se partían de risa.

En ese momento apareció la tía Lola.

–¡Hola, Lola, querida! –dijo el tío Paco de la tía Lola–.

Hemos venido a casa para terminar una partidita de póquer. En este pueblo, mucha tradición de juego y mucha historia, pero en cuanto se apuesta un poco fuerte, se asustan y empiezan a decir que van a llamar a la Guardia Civil.

–Ah. Bien, bien... –dijo la tía Lola–. Es un honor recibir en nuestra casa a alguien tan famoso como usted, señor...

–Malasunto –respondió Malasunto–. Dalmacio Malasunto.

Los hermanos Lambán me miraron, espantados.

–¡Qué casualidad! Nuestro sobrino también se llama Dalmacio.

–Pues sí. Qué casualidad.

–¿Qué puedo ofrecerle, señor Malasunto?

–No se moleste, señora. Seguro que no tiene nada lo bastante bueno para mí.

–Quién sabe. ¿Qué le apetece?

–Cualquier cosilla... un coñac Napoleón, por ejemplo. Triple.

–Pues... no. Napoleón no tenemos.

–¿Lo ve? Bueno, no se preocupe, mujer. En la bodega que hay junto al Hotel Pradas, venden uno de buena marca. Ande, ande, vaya a comprar un par de botellas mientras yo sigo desplumando a estos tres mentecatos.

Tía Lola obedeció y Malasunto les ganó mil duros a cada uno de mis tíos en menos tiempo del que cuesta contarlo.

–Debe de ser estupendo eso de ganar siempre, ¿verdad? –le preguntó el tío Paco de la tía Pepa.

–Bah, no creas... de todo se aburre uno. Especialmente si no puede medirse más que a inútiles y patanes como los de este condenado pueblo. Por ejemplo: mi gran pasión ha sido siempre el ciclismo. Soy aficionado por lo menos desde hace quince días. Pero empieza a aburrirme.

–Dentro de poco se celebra el Critérium de Cala-rocha –comentó el tío Paco de la tía Pepa–. Todos esperamos poder inscribir su nombre en la lista de vencedores.

Malasunto hizo una pausa antes de responder.

–Pues mira, no. No pienso correr esa tontadita de critérium. Total, ya me han dicho que solo participa gente de la comarca y veraneantes aficionadillos que no me llegan ni al calcetín. Para eso, que corra el alcalde, si quiere.

–¡Tiene usted razón! –exclamó el tío Paco de la tía Pepa.

En nuestro escondite, Emilio y yo miramos a Laura, que había adoptado una rigurosa expresión de fastidio.

–Si al menos tuviese un buen rival, alguien digno de mi categoría, pues no le digo...

Yo noté que, en ese instante, le brillaban los ojazos a Laura.

–Vámonos –me susurró al oído–. He tenido una idea y hemos de ver a Vives cuanto antes.

Con total sigilo, nos fuimos deslizando por el pasillo para cruzar la casa hasta su parte trasera y salir por la puerta del paseo marítimo.

Mientras, Malasunto parecía haber entrado en fase chistosa.

–Hombre, hombre... Así que eres forense, ¿eh, Paco?

–Sí, en efecto –respondió el tío Paco de la tía Sara.

–Entonces, sabrás en qué se parece un cadáver de seis días a un jugador de ruleta.

–Pues...

–En que el jugador apuesta y el cadáver... ¡apesta! ¡Ja, ja, ja...! Oye, Paco... y cuando asesinan al forense... ¿quién le hace la autopsia? ¡Jaaa, ja, ja...!

El mejor

Laura avanzaba por el paseo marítimo a velocidad de marchadora atlética.

–Esa es la solución, Dalmacio. Tenemos que conseguir que una gran figura del ciclismo participe en el Critérium de Cala-rocha. Eso animará a Malasunto a participar.

–Y... ¿en quién estás pensando, si no es mucho preguntar?

–Ah, no sé. Yo, de ciclismo, no entiendo ni patata. Por eso quiero consultarlo con Vives. Él nos dirá quién es el mejor ciclista de la actualidad.

Cuando entramos en

CICLOS VIVES
BICICLETAS NACIONALES Y DE IMPORTACIÓN
DISTRIBUIDOR OFICIAL DE BUJES PELISSIER
SERVICIO OFICIAL RALEIGH

---

acababa de terminar la etapa del día del Tour de Francia, que Vives y su abuelo seguían a través de la radio con devoción casi religiosa desde el despachito acristalado de la tienda, decorado con carteles de algunos de los más grandes ciclistas de la historia.

Hay una gran fotografía dedicada de un ciclista flaco y sonriente, con una nariz enorme. Es Fausto Coppi «Il Campionissimo». Otra, más pequeña, de un tipo tosco, que pedalea cubierto de barro hasta las cejas. Se trata de Gino Bartali, apodado «el piadoso» por su tendencia a mirar hacia el cielo en los tramos más duros de las carreras. Y una gran ampliación de una portada de la *Gaceta Ilustrada* con Bahamontes y Langarica posando en París junto al General De Gaulle, que les saca a ambos una cabeza de altura.

El enviado especial de Radio Nacional de España al Tour de Francia aún se desgañitaba ante el micrófono, resumiendo lo acontecido en la jornada.

–¡Qué colosal etapa de Eddy Merckx, señoras y señores radioyentes! Tras atacar en la subida al Tourmalet y atravesar en solitario su cima, ha pasado también primero por el Soulor, el Aubisque y el Marie-Blanche, para entrar destacado en la meta situada aquí, en Olorón-Santa María, con más de cuatro minutos de ventaja sobre Raymond Poulidor y Joop Zoetemelk, que han intentado en vano seguir su rueda. ¡El belga ya es primero en la clasificación general de este Tour, que puede ser el segundo en su cuenta particular. ¡Qué fenomenal deportista, señoras y señores! Es, sin duda, el mejor ciclista de la actualidad y uno de los mejores de todos los tiempos. Campeón del mundo, ganador del Tour del sesenta y nueve y dos veces ganador del Giro de Italia, cuenta en su palmarés, además, con victorias en casi todas las grandes clásicas ciclistas...

En ese momento, Vives se percató de nuestra presencia. Sonrió a través del cristal y acudió a abrirnos la puerta del despachito.

–Hola, chicos. ¿Qué queréis?

Laura afiló su verde mirada y sonrió.

–Queremos a Eddy Merckx.

El Caníbal

Sr. D. Eddy Merckx, líder del Tour de Francia
Tour de Francia
(FRANCIA)

Cala-rocha, julio de 1970

Estimado Sr. Merckx:

Me llamo Laura y sería una gran alegría para mis amigos y para mí que aceptase usted participar en el Critérium Ciclista de Cala-rocha, que se celebra dentro de unos días. Le meto en el sobre un cartel anunciador para que lo lea y se lo piense. Aunque en el cartel no lo pone, hay premios estupendos.

Aprovecho para felicitarle por su brillante palmarés deportivo.

Su admiradora, que lo es,

Laura Lambán

Tras leer la carta de Laura, Vives se echó las manos a la cabeza.

–Pero... ¿te has vuelto loca? ¡No puedes hacer esto!

–¿Por qué?

–¿Cómo va a venir Eddy Merckx a Cala-rocha? Además, el día del Critérium todavía no habrá terminado el Tour de Francia.

–Bueno, él sabrá lo que le interesa más. Al fin y al cabo, el Tour ese ya lo ganó el año pasado y, en cambio, el Critérium de Cala-rocha, todavía no.

–No sabes lo que estás haciendo. ¿Y si se lo toma a mal? ¿Y si se enfada y no quiere volver a correr más en España? ¿Sabes cómo lo llaman? ¡El Caníbal!

–¿Por qué?

–¿Por qué? ¡Porque se merienda a sus rivales! ¡Imagínate lo que puede hacer con nosotros!

–Pues yo creo que es una carta muy educada y se la voy a mandar, digas lo que digas. Si se enfada, peor para él.

–Ni siquiera sabes su dirección.

–¡Bah! Seguro que todos los carteros franceses saben dónde se corre la etapa del día del Tour. Le llega, seguro. Ya lo verás.

El Caníbal responde

Cuatro días después, mientras Lambán y yo ayudábamos a Vives a descargar un envío de manillares Atax, oímos un grito sofocado procedente del despachito acristalado, donde don Fausto se encontraba abriendo el correo del día.

Corrimos hacia allí mientras él salía a nuestro encuentro blandiendo en la mano una carta aérea, de esas con el borde de tres colores, como la bandera francesa.

—¿Qué ocurre, abuelo? ¿Qué te pasa?

—¡Carta de Merckx! ¡Una carta de Eddy Merckx!

—¡Ostrás! ¡Ha contestado!

—¿Y qué dice?

—No la he abierto. Viene a nombre de Laura Lambán.

Corrimos al Hostal Dávila, en cuya cafetería encontramos a Laura leyendo un libro de una tal Carmen Martín Gaite.

—¡Vamos, ábrela!

—¡Y lee!

—¡Deprisa!

—¡Voy, voy!

—¿Qué dice? —preguntó Vives, ansiosamente.

—A ver... ¡Vaya, hombre! Está escrita en francés.

—¡Traduce, hermana!

—Voy... Mmm... dice: querida amiga.... me encantaría participar en su carrera pero... tengo cierto interés en ganar este Tour de Francia porque... mmm... no sé qué de una apuesta con un tal Jacques Anquetil.

—Vaya por Dios... —murmuró don Fausto, desolado.

—¿Qué esperabas, abuelo? ¿De verdad tenías alguna esperanza de que Eddy Merckx viniese a correr a Cala-rocha?

—Hombre... la esperanza no hay que perderla nunca.

—¡Eh! Que esto no ha acabado —protestó Laura, reclamando así nuestra atención, de nuevo.

—Sigue, sigue —le dijo don Fausto—. Aunque lo que queríamos saber, ya lo sabemos.

—Sigo: mmm... yo comprendo que es difícil pero... si pudiesen retrasar una semana su carrera, en ese caso sí podrían contar con mi presencia en ella.

Don Fausto sacudió la cabeza varias veces antes de gritar.

–¿Qué? –gritó don Fausto.

–¿Cómo? –exclamó su nieto.

–¡Ahí va! –dijimos los demás.

El abuelo Vives sufrió una especie de ataque epiléptico. Primero, se puso de puntillas y dio dos vueltas sobre sí mismo, como una bailarina de ballet. Luego, comenzó a pasear por la cafetería arriba y abajo con los brazos en alto y los puños cerrados. Por fin, abrió la puerta, salió a la calle y, desde el centro de la calzada, comenzó a gritar:

–¡Que viene Merckx! ¡Ciudadanos de Cala-rocha! ¡¡¡Que viene Eddy Meeerckx!!!

Despliegue

Aún no sabemos cómo, la noticia salió en primera página del *ABC* al día siguiente. Quizá ustedes mismos lo recuerden:

El belga Eddy Merckx participará en el Critérium Ciclista de Calarrocha.
Agencia EFE, 5– Fuentes de toda solvencia han confirmado a EFE que el actual líder del Tour de Francia, el ciclista belga Eddy Merckx, ha garantizado su participación en el Critérium Ciclista de Calarrocha, Gran Premio «Espumosos El Rayo». La carrera española, prevista en principio para el próximo día 14, va a retrasar su fecha al 21 de este mes para no coincidir con la ronda francesa. Televisión Española ya ha mostrado su interés por retransmitir la prueba.

Y fue el comienzo de la locura.

Tres días después se habían recibido mil doscientas solicitudes de inscripción.

Entonces llegó la segunda sorpresa.

Luis Ocaña también correrá en Cala-rocha. LA VANGUARDIA, 7. El ciclista español Luis Ocaña, principal rival de Eddy Merckx y único corredor del pelotón internacional que parece capacitado para hacer sombra al «Caníbal», ha anunciado que participará también en el Critérium de Cala-rocha. «Hace tiempo que quería participar en esa famosa carrera. Quiero ganarle a Merckx. Y nada mejor que hacerlo en España», declaró en francés el ciclista español.

Dos días más tarde, las solicitudes para participar en el Critérium de Cala-rocha superaban las cinco mil. Más de seiscientas procedían del extranjero.

Pero la cosa no quedó ahí.

Los mejores ciclistas del mundo se darán cita en Calarrocha. EFE, 9. Quizá esperando tomarse la revancha de un Tour de Francia que parece sentenciado a favor de Eddy Merckx, las grandes figuras del ciclismo presentes en la ronda francesa han anunciado que volverán a verse las caras en España. Gimondi, Poulidor, Van Impe y Zoetemelk, entre otros, han confirmado su asistencia al Critérium Ciclista de Calarrocha, Gran Premio «Espumosos El Rayo». Por parte española, además de Luis Ocaña, la prueba contará con José Manuel Fuente «Tarangu» y Domingo Perurena. La calidad de la participación internacional en la prueba española ya supera a la de todas las clásicas de un día organizadas durante este año por la Unión Ciclista Internacional.

Malasunto no se apunta

Todo el mundo en Cala-rocha estaba encantado con el cariz que estaba tomando el asunto del critérium ciclista. Todo el mundo, menos nosotros, que veíamos cómo pasaban los días sin que Malasunto se decidiese a inscribir su nombre en la ya casi interminable lista de participantes, lo cual era, no lo olvidemos, el único motivo para haber organizado semejante zapatiesta. De hecho, Malasunto parecía ser el único habitante del pueblo que no manifestaba interés alguno por el acontecimiento ciclístico del año.

Sin embargo, sí empezó a sentir las consecuencias.

De la noche a la mañana, la gente dejó de mirarle por la calle con admiración, de reírle las gracias y de reverenciar sus desplantes y sus groserías. Ya nadie hablaba de Malasunto. Todos hablaban de Eddy Merckx, ese belga capaz de convertir un pequeño pueblo costero español en el centro del mundo con la promesa de su presencia.

Desde aquel día, Cala-rocha se paralizaba cada tarde ante los transistores durante la retransmisión de la etapa del Tour de Francia y vibraba con las proezas de

Merckx, a quien se consideraba ya un paisano más de la localidad.

El 14 de julio, fiesta nacional francesa, terminó el Tour de Francia con la victoria de Eddy Merckx, con casi trece minutos de diferencia respecto a Joop Zoetemelk, el «eterno segundón». En esa fecha, las solicitudes de participación en el Critérium de Cala-rocha superaban las trece mil, sin contar las seiscientas catorce que, por error o despiste, se habían recibido en el Ayuntamiento de Calamocha, provincia de Teruel.

Macarrones Malasunto

La victoria del belga en la prueba francesa fue lo que pareció decidir por fin a Malasunto a enfrentarse a él. Al día siguiente, último para formalizar la inscripción, se acercó hasta el ayuntamiento dispuesto a apuntarse a la carrera. La fila daba casi la vuelta a la manzana. Malasunto intentó colarse, pero fue abucheado y obligado a respetar su turno.

Cuando llegó a la mesa de inscripciones se encontró con una sorpresa.

–Lo siento. No puede apuntarse como individual. ¿No ha leído los avisos? La Comisión Organizadora, ante la avalancha de solicitudes, decidió que estos últimos días solo admitiría inscripciones de equipos compuestos por seis corredores.

Malasunto hizo rechinar los dientes.

–Muy bien. Apunte: Equipo Malasunto.

–Malasunto –escribió el funcionario–. Suena a italiano. ¿Son ustedes italianos?

Malasunto carraspeó.

–Sí. De Sicilia. Ya sabe: el volcán Etna... La Mafia...

–Ya, ya... ¿Actividad de la firma patrocinadora?

Malasunto se encogió de hombros.

–Pues... la pasta.

–¿Pasta? ¡Ah, ya caigo! Macarrones y todo eso, ¿no? Muy bien, muy bien... Pues ya está. Pase por aquella mesa para recoger los dorsales. ¡Ah! La inscripción son seis mil pesetas.

–Qué ladrones...

La caravana

La semana anterior a la carrera fue de miedo.

Cala-rocha multiplicó su población por diez, teniendo que habilitar las playas como improvisadas zonas de acampada, ante la escasez de hoteles en la localidad. Todos los vecinos del pueblo tenían alojado en su casa a un periodista de *La Vanguardia*, de *Le Monde* o de *La Gazetta dello Sport*.

Medio pueblo aseguraba haber visto a don Matías Prats saliendo del Hotel Pradas.

Televisión Española serviría la señal de la carrera a media Europa a través de Eurovisión. El despliegue iba a ser de aúpa y las calles de Cala-rocha pronto se llenaron de cables negros, gordos como maromas de barco, de focos, de cámaras de televisión, de micrófonos y de antenas de ondas hertzianas.

Cuarenta y ocho horas antes del inicio de la prueba hizo su aparición la caravana publicitaria. En un tremendo camión decorado con los colores del detergente Persil, varias simpáticas señoritas hacían demostraciones de lavado en frío. Una curiosa furgoneta con forma de caja de parches para ruedas recorría las calles de Cala-rocha anunciando las excelencias del parche rápido biselado SAMI. Sobre el techo de un Dodge Dart ranchera, se exhibía un bolígrafo de cuatro metros de largo. Es el modelo Vencedor, de la firma Ballograf.

«Vencedor, de Ballograf, símbolo de buen gusto», se anunciaba por todo el pueblo, desde los altavoces instalados en el Dodge Dart. «Vencedor, de Ballograf, patrocina la ceremonia de entrega de premios.»

Otros vehículos igualmente curiosos voceaban sin descanso las excelencias de los calcetines Cóndor, el reloj Radiant, el coñac Byass 96 o la loción capilar Abrótano Macho.

Desde la playa despegaba, cada mañana y cada tarde, un gran globo aerostático de color butano con la leyenda «Calentadores de gas Cointra Godesia».

A veinticuatro horas del pistoletazo de salida, aparecieron los impresionantes camiones-taller de los equipos de las grandes figuras: el Ignis, el Bic, el Faema, el Molteni, el Gan-Mercier... Junto a ellos, equipos españoles más modestos, como el Fercu y el Tesafilm, también aterrizaron con sus furgonetas y sus coches coronados de bicicletas de repuesto.

Por todas partes se veían señoritas en minifalda regalando globos, gorras, bolígrafos y pegatinas.

La ciudad entera olía a linimento.

Llega el día

—¿Tenéis clara la estrategia? –preguntó Vives.

Todos asentimos.

—Adelante, entonces. A la calle.

Espumosos El Rayo había tirado la casa por la ventana regalando camisetas 100% algodón con el escudo de la empresa a cuantos chicos y chicas se habían acercado hasta Cala-rocha para asistir a la carrera ciclista, lo cual nos iba a venir de perlas para conseguir nuestro primer objetivo: confundirnos entre el gentío.

Ataviados con nuestras camisetas de El Rayo, Vives, Laura, Emilio y yo dedicamos la media hora anterior al inicio de la prueba a dejarnos ver por separado en las inmediaciones de la pancarta de salida. Yo, en especial, quería que Malasunto me viera por allí, aparentemente interesado en el acontecimiento del día, para que ni por asomo pudiese sospechar lo que tramábamos.

A través de la megafonía, el director de la carrera fue presentando a los participantes conforme se acercaban al control de firmas. El público se mostraba entusiasmado viendo de cerca, en carne y hueso, a los más famosos ídolos del deporte del pedal.

Faltando muy pocos minutos para las once, se oyó un rumor intenso, de sorprendidas exclamaciones.

–Se acercan ahora a la mesa de firmas –se informó desde megafonía– los componentes del equipo italiano Macarrones Malasuntooo.

Expectación.

Encabezado por Malasunto, su equipo avanzó entre el gentío. Lo completaban otros cinco tipos que bien habrían podido pasar por sus hermanos mellizos. Todos con el mismo pelo largo, lacio y grasiento. Todos, flacos como un perro flaco. Todos, con su misma cara de vinagre. Vestían los seis camiseta y pantalón de baloncesto de color negro. Sobre el pecho, sujeto con imperdibles, un trozo de cartulina negra en el que figuraba la palabra *Malasunto* escrita con tiza.

Donde no parecía que se hubiesen puesto de acuerdo era en el calzado. Malasunto seguía fiel a sus zapatos de punta estrecha, pero sus compañeros habían optado respectivamente por las chancletas de playa, los zapatos de rejilla, las botas Chiruca, las alpargatas y las botas de agua. Tampoco compartían el mismo modelo de bicicleta. La mejor, con diferencia, era la Sunbeam de Malasunto. Las máquinas de los otros cinco, muy inferiores en calidad, ni siquiera llevaban cambio. Y dos de ellas incluso carecían de frenos.

En ese momento, Vives se me acercó por la espalda, disimuladamente.

–Vaya, vaya... –me susurró al oído–. Parece que no eres el único en este pueblo que tiene remordimientos.

–¡Atentos todos los participanteees! –gritó el director de carrera por medio de los altavoces–. ¡En breves instantes, el excelentísimo señor alcalde de Cala-rochaaa dará el pistoletazo de salidaaa! ¡Señor alcaldeee!

–¿Hola? ¿Sí? Hola, hola, probando, probando. Pero ¿se oye?

–Sí, señor alcalde. Le están oyendo en toda España a través de la radio y la televisión.

–Conchos, haberlo dicho. ¡Ejem...! ¡Queridos ciudadanos de Cala-rocha! ¡Estimados visitantes foráneos! ¡Participantes españoles y extranjeros! Es para mí un honor, en nombre de esta corporación municipal, del excelentísimo señor Gobernador Civil de la Provincia, del excelentísimo señor Ministro de Educación y Descanso, de su Ilustrísima, el señor Obispo de nuestra diócesis y, en última instancia, del Jefe del Estado Español y Generalísimo de los ejércitos, don Francisco Franco Bahamonde, dar la salida oficial a este Critérium Internacional Villa de Cala-rocha!

Tras ello, el alcalde alzó el brazo y apretó el gatillo de la pistola.

Pero nada. Ni pum.

Con ejemplar rapidez de reflejos, el cabo de puesto de la Guardia Civil se acercó a la tribuna y ofreció al alcalde su arma reglamentaria.

¡Pum!

¡Ahora, sí!

La organización había colocado a los profesionales en la parte delantera del grupo de participantes. Un grupo que ocupaba más de cuatro kilómetros de calles a partir de la Fuente de los Incrédulos. El equipo Malasunto, a causa de su tardía inscripción, fue situado al final, casi en el extremo del malecón del puerto.

En cuanto se oyó la señal de salida, los seis componentes del Malasunto, sin necesidad de cruzar palabra entre ellos, y despreciando olímpicamente la neutralización de los primeros cinco kilómetros, se colocaron en fila india y avanzaron como un ariete en busca de las primeras posiciones, derribando a todo el que se les ponía por delante, hendiendo el pelotón como lo haría con el agua la quilla de un transatlántico.

—¡Qué bestias!

—¡Cuidado!

—¿Quiénes son esos?

Antes de haber cubierto los primeros diez kilómetros, los seis componentes del Macarrones Malasunto habían alcanzado la cabeza de la carrera.

Yo esperé en la línea de salida hasta que vi pasar a los Malasuntos. Incluso me permití significarme ante ellos.

—¡Ánimo, Dalmaciooo! —le grité, al verlo pasar.

Apenas Malasunto y compañía se hubieron perdido de vista, corrí a reunirme con mis compañeros, tal como habíamos acordado, bajo la pancarta que rezaba:

VENCEDOR

de Ballograf

Símbolo de buen gusto

Fui el primero en llegar y, mira por dónde, me encontré allí mismo con Velilla.

–¡Hombre! Hola, Velilla.

–Hola, Vallejo.

–¿Cómo llevas los estudios?

–Imagina. A este paso, en septiembre me podré presentar directamente al examen de reválida de sexto. Por eso me han dejado salir hoy de casa.

–Caramba. Qué bien.

En ese momento se nos acercó una chica morena, con gafas, bastante guapa, con un cucurucho de helado en cada mano.

–Toma, Gustavo –le dijo a Velilla–. De chocolate, ¿no?

–Sí. Gracias, Loreto. Mira: este es Vallejo. Vallejo: Loreto.

–Hola.

–Hola.

–¿Nos vamos, Gustavo? –le preguntó la chica, tras un corto silencio.

–Por supuesto.

Antes de irse del brazo de Loreto, Velilla se me acercó para hablarme al oído.

–¿Sabes, Vallejo? No sé cómo ocurrió, pero me alegro de haber suspendido. Gracias a eso he conocido a Loreto. Es hermana de mi profesora particular de Física y Química. Quiere ser Ingeniera de Caminos. Y le gusto. Eso, para que te fastidies.

En un arranque espontáneo, abracé efusivamente a Velilla.

–Todo lo contrario –le digo–. No sabes cómo me alegro.

–¿Que... te alegras? –preguntó él, sorprendido.

–Sí, Gustavo. Me alegro mucho, espero que todo vaya bien, que os caséis y tengáis muchos hijos.

–Aún... no hemos hablado de eso pero... bueno... gracias.

Mientras Loreto y Velilla se alejaban, cogidos del brazo y lamiendo sus helados, pude oír cómo ella le decía:

–Parece un buen tipo, ese Vallejo.

«¡Qué ingenua!», pensé yo.

Casi de inmediato apareció Vives y, enseguida, Laura y Emilio.

–¿Listos?

–Sí.

–¡Vamos!

Corrimos hacia la vía del ferrocarril. La ciudad entera seguía ahí, al otro lado, inexplicablemente.

Diez minutos más tarde llegamos jadeantes al colegio Joaquín Costa, donde el guardia Porras nos esperaba, escuchando en su transistor Lavis la retransmisión del Critérium de Cala-rocha.

–¿Cómo va eso?

–¡Como la porra, maldita sea! Había apostado por Eddy Merckx y unos tipos vestidos de negro le acaban de adelantar.

–Suba el volumen, haga el favor...

–*Los italianos del Malasunto acaban de ponerse en cabeza tras rebasar con sus viejas bicicletas de paseo a todos los favoritos. Se trata de seis hombres muy parecidos entre sí, a los que solo podemos distinguir por su distinto calzado y por los grandes números que ostentan en la espalda de sus camisetas de baloncesto. Por el momento, únicamente Eddy Merckx y Luis Ocaña han reaccionado e intentan seguir su rueda, aunque mucho nos tememos que las distancias se están ampliando...*

–¡Eh! ¡Ahí llega don Blas con el motocarro!

–¡Vamos, vamos! Hay que cargar todo el papel.

Como un equipo bien entrenado, comenzamos el traslado de los fardos de papel de Ferreiro, siempre con la retransmisión radiofónica de la carrera como fondo.

–*Es increíble, señoras y señores radioyentes: los pantalones de baloncesto que visten los componentes del Macarrones Malasunto se hinchan como globos con el aire de la marcha, a pesar de lo cual, mantienen un promedio impresionante...*

Ayudados por don Blas y el guardia Porras, los quinientos kilos de papel fueron encontrando acomodo rápidamente a bordo del Cremsa Toro.

–¡Esto ya casi está!

–¡Bien!

–¿Y la carrera?

–... *Por suerte para sus adversarios, el equipo Malasunto es todo menos un equipo. En lugar de darse relevo, los italianos se dedican a cruzarse los unos ante los otros, se empujan, se amenazan, se dan codazos... Solo gracias a esta circunstancia su ventaja no es aún completamente insalvable para sus rivales...*

–¡Ya está todo en el motocarro! ¡Vámonos!

–¿Nos deja el transistor, señor Porras?

–¡Y una porra! ¡A ver si me voy a quedar sin saber quién gana!

–No hay problema –advirtió don Blas–. El motocarro lleva autorradio.

–Querrá usted decir motocarrorradio –puntualizó Emilio.

–Dejaos de tonterías y vámonos de una vez. La carrera lleva ya tres cuartos de hora. ¡El tiempo se nos echa encima!

–¡Sintonice Radio Barcelona, don Blas!

–... *Estamos ya en el primero de los tres pasos previstos por el alto de los Caracoleees. El equipo Malasunto sigue en cabeza manteniendo un tren vertiginosooo. Hace ya algunos kilómetros que los dorsales cuatro y seis parecen enzarzados en una agria disputa que les lleva a embestirse mutuamente de cuando en cuando con furia salvajeee. ¡Y ahí están de nuevo! ¡Qué golpe, señoras y señoreees! ¡Atención! Parece que las bicicletas de ambos corredores se han enganchado entre sí. ¡En efectooo! Mal momento para un incidente de esta naturaleza, pues se acaba de iniciar el peligroso descenso del puerto. Sin embargo, no por ello dejan ambos corredores de pedalear de forma inauditaaa. ¡Se acerca una de las curvas más cerradas del recorrido y vemos improbable que puedan negociarla... ¡Se masca la tragediaaa! Y... ¡en efectooo! acaban de salirse de la calzada y ruedan ahora por la ladera del monte sin dejar de pedalear, abriendo a su paso un auténtico cortafuegos en la vegetacióoon. Por momentos los perdemos de vista pero, pero, pero nooo. ¡Ahí están de nuevo! Y a toda velocidaaad... ¡se precipitan al interior de la Cueva de los Caracoles, uno de los tesoros naturales de este bello municipio de la costa mediterránea españolaaa! Yo diría que han quedado fuera de carreraaa.*

Planas y Vives montaron en el motocarro con don Blas. Laura y yo agarramos la bicicleta de Porras y los seguimos, ella sentada sobre la barra.

Pero a los quinientos metros...

–¡Se ha parado! ¡Maldito cacharro del demonio!

–¡Trate de arrancarlo, don Blas! –gritaba Emilio, saliendo de la cabina–. ¡Trate de arrancarlo, por Dios!

–¡Nada! No hay manera. No entiendo qué le puede ocurrir. Ha funcionado perfectamente todos estos días.

Vives echó un vistazo al salpicadero y golpeó uno de los relojes con el dedo.

–Pero, hombre, don Blas. ¡Si es que no hay gasolina!

–¿Cómo? ¿Que hay que echarle gasolina a este trasto para que funcione? ¡No fastidies! Pues el padre de Boira no me había dicho nada.

Mientras Emilio se acercaba en la bicicleta hasta la gasolinera más próxima, en las afueras de la ciudad, los demás seguimos el desarrollo de la carrera ciclista a través de la radio del motocarro.

–*Llevamos casi hora y media de carrera y las primeras posiciones permanecen invariableees. En cabeza, los cuatro supervivientes del equipo Malasunto, con algo más de cinco minutos de ventaja sobre Eddy Merckx y Luis Ocaña, distancia que podría ser mayor si los italianos de negro no se entretuviesen en derribar a codazo limpio a cuantos participantes van doblando en esta su segunda vuelta al circuitooo. A siete minutos y medio de la cabeza de carrera encontramos un* grupetto *en el que figuran el resto de las grandes figuras internacionales presentes en este Critérium de Cala-rocha; y ya a más de diez minutos, el primer pelotón importanteee, compuesto en su mayoría por los gregarios de los equipos profesionaleees.*

–¡Ahí llega Emilio!

–¿Traes la gasolina?

–Sí, sí. Cinco litros de «mezcla», como dijisteis.

Tras echar el combustible en el depósito del Cremsa, el motorcito de dos tiempos arrancó sin problemas.

–¡Bien! ¡Adelante! ¿Y la carrera? ¿Cómo va?

–¡Estamos en el segundo descenso del Alto de los Caracoles y los malasuntos se lanzan a tumba abiertaaa! ¡Qué valor, señoras y señores, sobre todo por parte de los números dos y cinco, que no parecen dar importancia al hecho de que sus bicicletas carezcan de frenooos! ¡Entramos en la zona más revirada! ¡Qué derrapajes, señoras y señores! ¡Huuuy...! ¡Huuuy, cómo les ha idooo! ¡Van los cuatro mordiendo los arcenes y aún queda lo peooor! ¡Creemos que están bajando a más de noventa kilómetros por horaaa! ¡Parece imposibleee! Y ahora llegan a la curva conocida como «la horquilla del moñooo». Malasunto uno y Malasunto cuatro clavan los frenos pero los malasuntos dos y cinco no tienen esa posibilidad y... ¡allá vaaan! ¡Acaban de despeñarseee! ¡Los vemos volando sobre el barranco sin dejar de pedalear como desesperadooos! ¡Y caen! ¡Y caen! ¡Y caeeen al cauce del río Caracoles, que serpentea a los pies de esta colina que fuera, otrora tiempo, asentamiento celtibéricooo...!

Laura y yo llegamos a la calle de San Miguel en pocos minutos, en la bicicleta de Porras. Abrimos la casa y comprobamos que, en esta ocasión, todo parecía normal. La placa del

---

CÍRCULO MATEMÁTICO
LOS AMIGOS DE EUCLIDES
Horario: de 19,333 h a $\sqrt{-81}$ h
Lunes, cerrado

seguía colgada de la puerta del entresuelo derecha, pero con todo el aspecto de no haber sido abrillantada en muchísimo tiempo. Atravesamos el piso que, en efecto, estaba abandonado y, cruzando el pequeño arquito de ladrillo situado al fondo de la alcoba, bajamos al semi-sótano.

La trapería de Ferreiro presentaba el mismo aspecto que la noche en que nos llevamos el papel. Incluso las mismas ratas seguían allí, merodeando.

–Bien... todo está en orden –le dije a Laura–. Volvamos a la calle, a esperar al motocarro.

Así lo hicimos. Y esperamos. Esperamos muchísimo rato porque el motocarro, como siempre, avanzaba a paso de hormiga y tardó una barbaridad. Cuando don Blas se detuvo junto a nosotros, Malasunto estaba recorriendo ya por última vez el circuito establecido en el Critérium.

–La diferencia entre los corredores del equipo Malasunto, cabeza de carrera, y la pareja formada por Merckx y Ocaña se ha estabilizado desde hace rato en torno a los cinco minutooos.

Hicimos un primer viaje de papel. Sin problemas.

A continuación, hicimos un segundo viaje. Con ello, aproximadamente la mitad del papel había regresado ya a su lugar de origen.

–¡Bien! –gritó Vives–. Creo que, en dos viajes más, lo habremos conseguido.

–¡Atención, señoras y señores, estimados radioyentes! Parece que el esfuerzo comienza a pasar factura a los italianos. Su ventaja disminuye. Cuando se inicia la última subida al Alto de los Caracoles, ¡la diferencia entre Malasunto Uno y Eddy Merckx ha caído hasta los tres minutos y mediooo! ¡El «Caníbal» se ha dado cuenta de la circunstancia, aprieta los dientes y acelera el ritmo llevándose a su rueda a Luis Ocañaaa...

–¡Muy bien! –exclamé, al depositar en el sótano mi tercer viaje de papel usado–. ¡Esto está hecho! ¡Vamos a por los últimos paquetes!

–¡Los malasuntos se han desfondado claramenteee! Al coronar la cima de los Caracoles, su ventaja sobre Merckx y Ocaña es de tan solo cuarenta y cinco segundooos. ¡Todo está en el aire, señoras y señoreees! Falta únicamente el descenso del puerto y los últimos siete kilómetros en línea recta hasta la meta de Cala-rocha! ¡Qué emoción tan intensa la que estamos viviendo en esta tarde de ciclismooo!

–¡Vamos, vamos! Esos fardos, aquí. Esos, allá. Así, muy bien. ¿Ya está todo?

–¡Queda un fardo en el motocarro! –gritó Emilio–. ¡El último!

–¡Dejádmelo a mí! –dije–. ¡Voy yo a buscarlo!

–La diferencia es ya inferior al medio minutooo. Ocaña y Merckx tienen a la vista a los dos supervivientes del equipo Malasunto que parecen muy tocados por el esfuerzo reali-

zado hasta ahoraaa! Malasunto uno sigue en cabeza. Detrás de él, Malasunto tres, que ahora mira hacia atrás y comprueba que sus rivales les recortan terreno a ojos vistaaa y... ¡atención, señoras y señores! Tanto mirar atrás, tanto mirar atrás, Malasunto tres acaba de tragarse una señal de prohibido adelantaaar para estamparse a continuación contra uno de los quitamiedos de hormigón que delimitan la calzadaaa, el cual ha resultado seriamente dañado a causa del impactooo...!

Salí corriendo de la casa. Jadeando. Ahí, en el motocarro, estaba esperándome el último fardo de papel.

–¡Al pie del alto de los Caracoles Malasunto le saca a Eddy Merckx apenas veinte segundos. Y hay novedadeees. Luis Ocaña se ha salido en la última curva del descenso y ha terminado en una zanjaaa. ¡Qué mala suerteee! ¡Vamos a desear que sea la última vez que le ocurra algo parecido en su carrera deportivaaa!

¡Vamos allá!

Fui hacia la casa, crucé el portal, subí de dos zancadas los seis escalones, alcanzando así el rellano del entresuelo.

Lo reconozco: entré en la antigua sede de Los Amigos de Euclides sospechando que algo saldría mal en el último instante.

–Faltan dos kilómetros para la meta y la incertidumbre es total, señoras y señoreees. Es muy probable que Malasunto

y Merckx se jueguen la victoria final al sprint. *El belga va como un misil pero el italiano aprieta los dientes y no arroja la toallaaa...*

Recorrí el piso de parte a parte con mi paquete de papel entre las manos. Bajé las escaleras del semisótano con todo cuidado, para no dar un fatídico traspiés.

Faltaba tan poco...

–¡Ya estoy aquí! –exclamé.

Corrí hacia el rincón donde mis compañeros me aguardaban impacientes.

–¡Menos de un kilómetro para la metaaa! Los dos corredores están casi emparejados desarrollando la máxima velocidaaad. Los cuadros de sus bicicletas parecen doblarse bajo su esfuerzo como si fueran de bambúuu...

Me detuve. Levanté el paquete de papel sobre mi cabeza y, de un modo un tanto teatral, lo arrojé junto a los demás.

–¡Ya está! –grité–. ¡Ya está! ¡Lo hemos conseguido!

–¡Atención, señores oyentes! ¡Esto es inaudito! ¡En plena recta de meta, Malasunto acaba de romper el manillar de su bicicleta! ¡Se ha quedado con él entre las manos! ¡Pierde el control de su máquina! ¡Se va hacia la izquierda! ¡Va a arrollar a un grupo de espectadores! ¡No! ¡Ahora va hacia la derecha! ¡Cruza la calzada de parte a parte! ¡Y viene! ¡Viene hacia aquí a toda mecha! ¡Como un obús! ¡¡Directo hacia donde se encuentra este servidor de ustedes que les hablaaaaaaaah...!!

Se oyó entonces un tremendo estropicio y, acto seguido, se interrumpió la señal de Radio Barcelona.

Cuando salimos a la calle, mis compañeros me miraban con curiosidad.

—Bueno, ¿qué? —me preguntó Vives, al fin—. ¿Cómo te encuentras?

—Creo... creo que bien —contesté—. Muy bien.

—¿Te sientes culpable?

—¿De qué?

—De algo. De lo que sea.

—Me parece... Me parece que no.

—¿Ningún remordimiento?

—Ninguno.

—¡Magnífico!

Oímos entonces un siniestro zumbido que crecía poco a poco en intensidad, acompañado por un temblor del suelo claramente perceptible.

—¿Qué es eso? —preguntó Emilio—. ¿Qué está pasando?

—¡Creo que es la ciudad! —gritó Vives—. ¡Yo diría que va a volver a su lugar!

—¡Tenemos que regresar a Cala-rocha! —gritó entonces Laura—. ¡Deprisa, don Blas, acérquenos a la estación! ¡Debemos cruzar las vías de inmediato!

El Cremsa Toro de la autoescuela Claxon recorrió las solitarias calles de la ciudad con nosotros a bordo temblando como un enfermo de Parkinson a causa de la vibración del suelo.

—¡Os dejo aquí! —gritó don Blas, deteniendo el motocarro a la altura de las últimas casas—. A ver si me voy a pasar de la raya y soy yo el que tiene que recorrer doscientos kilómetros en motocarro para volver.

—¡Está bien! ¡Vamos, todos abajo! —ordenó Vives—. ¡Echad a correr y no paréis hasta cruzar las vías! ¡Sálvese quien puedaaa!

Como si hubiera sido obra de Malasunto, en el momento en que nos acercábamos a los raíles, apareció por nuestra derecha un interminable tren de mercancías haciendo sonar insistentemente las bocinas.

—¡Maldita sea! ¡No podemos cruzar! —exclamó Lambán.

—¡Por el paso elevado! —propuse—. ¡Por el paso elevado!

El suelo temblaba de tal manera que todos caímos varias veces de bruces antes de alcanzar los primeros escalones metálicos. Laura y yo nos buscamos, nos dimos la mano y tratamos de ayudarnos mutuamente.

La estructura metálica parecía estar cada vez más lejos. Nuestros esfuerzos no parecían dar fruto.

Y, sin embargo, lo logramos.

Por medio de un esfuerzo inhumano, alcanzamos la escalera y trepamos por ella como si nos fuera la vida en el intento. Tal vez era realmente así. Tal vez nos estábamos jugando el pellejo.

Al llegar a lo más alto, nos detuvimos, jadeantes como corredores de tres mil metros obstáculos.

Al volver la vista atrás pudimos comprobar que la ciudad había desaparecido.

Epílogo

Cuando regresé a Villa Valleja encontré a mi madre haciendo las maletas. Tras una larga conversación, mis padres habían decidido volver a casa esa misma tarde.

Y así lo hicimos.

Al llegar a la ciudad, tras un viaje sin incidentes, nos tropezamos con un pequeño atasco en el acceso a la Ronda Sur. El guardia Porras desviaba el tráfico hacia un itinerario alternativo.

–¿Qué ha ocurrido, señor guardia? –le preguntó mi padre al llegar a su altura.

–Nada. Un porrazo. ¡Si es que van como locos, mecachis la porra!

Entonces, Porras se percató de mi presencia en el asiento de atrás, me guiñó un ojo y completó la información.

—Un cura con un motocarro, que se ha estampado contra un árbol grandísimo, en el paseo del Canal.

—¿Ha sido grave? —preguntó mi madre.

—No demasiado, señora. Según mis noticias, el herido solo presenta doble fractura de calcáneo.

—¡Ah, bueno! Eso no es nada. Cuarenta días de escayola, y como nuevo.

Viuda de Solano

Aún no sé por qué, quizá por sentirme mejor conmigo mismo, a la mañana siguiente salí de casa, compré una caja de pastillas de café con leche de la Viuda de Solano y me dirigí al colegio, dispuesto a visitar a don Blas.

Al llegar, sin embargo, me pareció una estupidez endulzarle la vida al hombre que había tratado de amargarme la mía por todos los medios a su alcance desde el pasado mes de enero. Así que le regalé la caja de pastillas de café con leche al hermano portero y me fui.

Emprendí el regreso por el paseo del Canal y, naturalmente, me detuve ante el Castaño de Lambán, que conservaba las huellas del reciente accidente de don Blas; en especial, una gran raya de color naranja sobre la corteza pintada de blanco reflectante.

No sé si está bien sentir afecto por un árbol, pero desde luego, el mío por el Castaño de Lambán se hizo inquebrantable desde aquel día.

Y, al levantar la vista para proseguir mi camino, me esperaba una nueva sorpresa.

–Hola, Dalmacio.

–¡Laura! ¿Qué haces aquí?

–Emilio, mi madre y yo hemos vuelto de Cala-rocha esta mañana. Por lo visto, el sueldo de socorrista no da para que pasemos todos allí el verano. Así que hemos dejado a mi padre de rodríguez y nos hemos venido a casa. Nada más llegar te he llamado por teléfono y tu madre me ha dicho dónde estabas, así que... he venido a ver si te encontraba.

–Qué bien. Quizá, después de todo, no sea tan malo veranear en la ciudad.

–Espero que no.

–Veo que has comprado el *Marca*.

–Sí. Es la primera vez –dijo Laura, tendiéndomelo–. Pero la ocasión lo merecía.

En portada, podía verse un titular grandísimo, a cinco columnas, con la foto de Eddy Merckx cruzando la meta, junto a la Fuente de los Incrédulos.

EDDY MERCKX SE ADJUDICA EL CRITÉRIUM DE CALA-ROCHA
Zoetemelk, segundo, encabeza un brillantísimo pelotón.
(Amplia información en págs. 18 a 23)

–¿Lo has leído todo?

–Sí.

–¿Y qué dicen de Malasunto?

–Nada. Ni una palabra. Ni siquiera figura en la lista de inscritos. Como si nunca hubiese existido.

–Bien. Bien, bien...

–Oye, Dalmacio...

–Dime.

–Te recuerdo que prometiste llevarme al cine.

–Ah... sí, sí, es cierto. Al cine.

–¿Qué tal esta tarde?

–Vale.

–Es que en el Rialto reponen *Ladrón de bicicletas*, de Vittorio de Sica. Un peliculón.

–Desde luego, un peliculón. Y... esto... ¿de qué va?

Recuerdos finales

Han pasado muchos años. Muchos, muchos, muchos. Aunque los recuerdos a veces son confusos o contradictorios, he llegado a la conclusión de que aquel, el de mil novecientos setenta, no fue un mal verano, después de todo.

Laura y yo fuimos un montón de veces al cine. Y también a jugar a los bolos y a patinar sobre hielo. Luego, nos hicimos novios una temporada, aunque la cosa, finalmente, no funcionó. Tiempo después, se casó con Vives y se marchó a vivir a Buenos Aires. Creo que son felices.

Gustavo Sánchez Velilla entró en los anales del colegio como el único alumno que había obtenido nueve matrículas de honor en los exámenes de septiembre. Ahora es dueño de una cadena de academias de repaso y, por lo visto, gana una pasta gansa.

Cuando don Blas se recuperó de sus fracturas de calcáneo fue destinado a Sidi Ifni. Hace poco, supe que había muerto a los setenta y cinco años en un accidente de moto, al estrellarse a doscientos por hora con su Kawasaki contra una palmera cocotera. Casi, casi, como Lawrence de Arabia.

Eddy Merckx está considerado el mejor ciclista de todos los tiempos. En los años siguientes a nuestro encuentro, batió el récord de la hora, ganó otros tres Tours de Francia, otros tres Giros de Italia, otros dos campeonatos del mundo, una Vuelta a España, una Vuelta a Bélgica y un montón de pruebas clásicas, entre ellas, dos Critériums de Cala-rocha.

Aún se escribe con Laura, de cuando en cuando.

En cambio, de Malasunto no hemos vuelto a tener noticias.

Nunca más.

Índice

Fernando Lalana

Fernando Lalana nació en Zaragoza en 1958. Tras estudiar Derecho, encamina sus pasos hacia la literatura, que se convierte en su primera y única profesión al quedar finalista en 1981 del Premio Barco de Vapor con *El secreto de la arboleda* (1982), y ganar el Premio Gran Angular 1984 con *El zulo* (1985).

Desde entonces, Fernando Lalana ha publicado más de un centenar de libros de literatura infantil y juvenil.

Ha ganado en otras dos ocasiones el Premio Gran Angular de novela: en 1988 con *Hubo una vez otra guerra* (en colaboración con Luis A. Puente), y en 1991 con *Scratch*. En 1990 recibe la Mención de Honor del Premio Lazarillo por *La bomba* (con José Mª Almárcegui); en 1991, el Premio Barco de Vapor por *Silvia y la máquina Qué* (con José Mª Almárcegui); en 1993, el Premio de la Feria del Libro de Almería, que concede la Junta de Andalucía, por *El ángel caído*. En 2006, el Premio Jaén por *Perpetuum Mobile*; en 2009, el Latin Book Award por *El asunto Galindo*; en 2010, el Premio Cervantes Chico por su trayectoria y el conjunto de su obra, y en 2012 el xx Premio Edebé por *Parque Muerte*.

En 1991, el Ministerio de Cultura le concede el Premio Nacional de Literatura Infantil y Juvenil por *Morirás en Chafarinas*; premio del que ya había sido finalista en 1985 con *El zulo* y del que volvería a serlo en 1997 con *El paso del estrecho*.

Fernando Lalana vive en Zaragoza, sobre las piedras que habitaron los romanos de Cesaraugusta y los musulmanes de Medina Albaida; es decir, en el casco viejo.

Si quieres saber más cosas de él, puedes conectarte a:
www.fernandolalana.com

José Mª Almárcegui

José Mª Almárcegui nació en Zaragoza, a principios de la década de los sesenta del siglo pasado. Actualmente vive a caballo entre la capital del Ebro y una casa perdida en el campo, en la raya entre Navarra y Aragón. Ha desempeñado infinidad de oficios, de cartero rural a técnico de montajes audiovisuales, pero su actividad más constante ha sido la de colaborar como guionista y documentalista para más de treinta libros escritos a medias con Fernando Lalana. Entre ellos, *Silvia y la máquina Qué*, con el que ambos ganaron en 1991 el Premio Barco de Vapor.

Bambú Jóvenes lectores

El hada Roberta
Carmen Gil Martínez

Dragón busca princesa
Purificación Menaya

El regalo del río
Jesús Ballaz

La camiseta de Óscar
César Fernández García

El viaje de Doble-P
Fernando Lalana

El regreso de Doble-P
Fernando Lalana

La gran aventura
Jordi Sierra i Fabra

**Un megaterio en
el cementerio**
Fernando Lalana

S.O.S. Rata Rubinata
Estrella Ramón

Los gamopelúsidas
Aura Tazón

El pirata Mala Pata
Miriam Haas

Catalinasss
Marisa López Soria

**¡Ojo! ¡Vranek parece
totalmente inofensivo!**
Christine Nöstlinger

Sir Gadabout
Martyn Beardsley

**Sir Gadabout,
de mal en peor**
Martyn Beardsley

Alas de mariposa
Pilar Alberdi

La cala del Muerto
Lauren St John

Secuestro en el Caribe
Lauren St John

Kentucky Thriller
Lauren St John

Arlindo Yip
Daniel Nesquens

Calcetines
Félix J. Velando

**Las hermanas Coscorrón
El caso de la caca de
perro abandonada**
Anna Cabeza

Dos problemas y medio
Alfredo Gómez Cerdá

**Las aventuras de Undine
La gran tormenta**
Blanca Rodríguez

Las lágrimas de la matrioska
Marisol Ortiz de Zárate

Los Guardianes
de la Infancia

**Nicolás San Norte
y la batalla contra el
Rey de las Pesadillas**
William Joyce
y Laura Geringer

**Conejo de Pascua y su ejército
en el centro de la Tierra**
William Joyce

El Hada Reina de los Dientes
William Joyce

Bambú Grandes lectores

**Bergil, el caballero perdido
de Berlindon**
J. Carreras Guixé

Los hombres de Muchaca
Mariela Rodríguez

El laboratorio secreto
Lluís Prats y Enric Roig

Fuga de Proteo 100-D-22
Milagros Oya

Más allá de las tres dunas
Susana Fernández Gabaldón

Las catorce momias de Bakrí
Susana Fernández Gabaldón

Semana Blanca
Natalia Freire

Fernando el Temerario
José Luis Velasco

Tom, piel de escarcha
Sally Prue

El secreto del doctor Givert
Agustí Alcoberro

La tribu
Anne-Laure Bondoux

Otoño azul
José Ramón Ayllón

El enigma del Cid
Mª José Luis

Almogávar sin querer
Fernando Lalana,
Luis A. Puente

**Pequeñas historias
del Globo**
Àngel Burgas

**El misterio de la calle
de las Glicinas**
Núria Pradas

África en el corazón
M.ª Carmen de la Bandera

Sentir los colores
M.ª Carmen de la Bandera

Mande a su hijo a Marte
Fernando Lalana

**La pequeña coral
de la señorita Collignon**
Lluís Prats

Luciérnagas en el desierto
Daniel SanMateo

Como un galgo
Roddy Doyle

Mi vida en el paraíso
M.ª Carmen de la Bandera